死角

DEAD END

圖／故事——曹志豪
文字——望日

目次

CONTENTS

戰馬

BATTLE HORSE

第一回合

ROUND 1

GAME 1

二〇一四年十月十八日，
出道戰，
對印度拳手，
歐陽駿——勝。

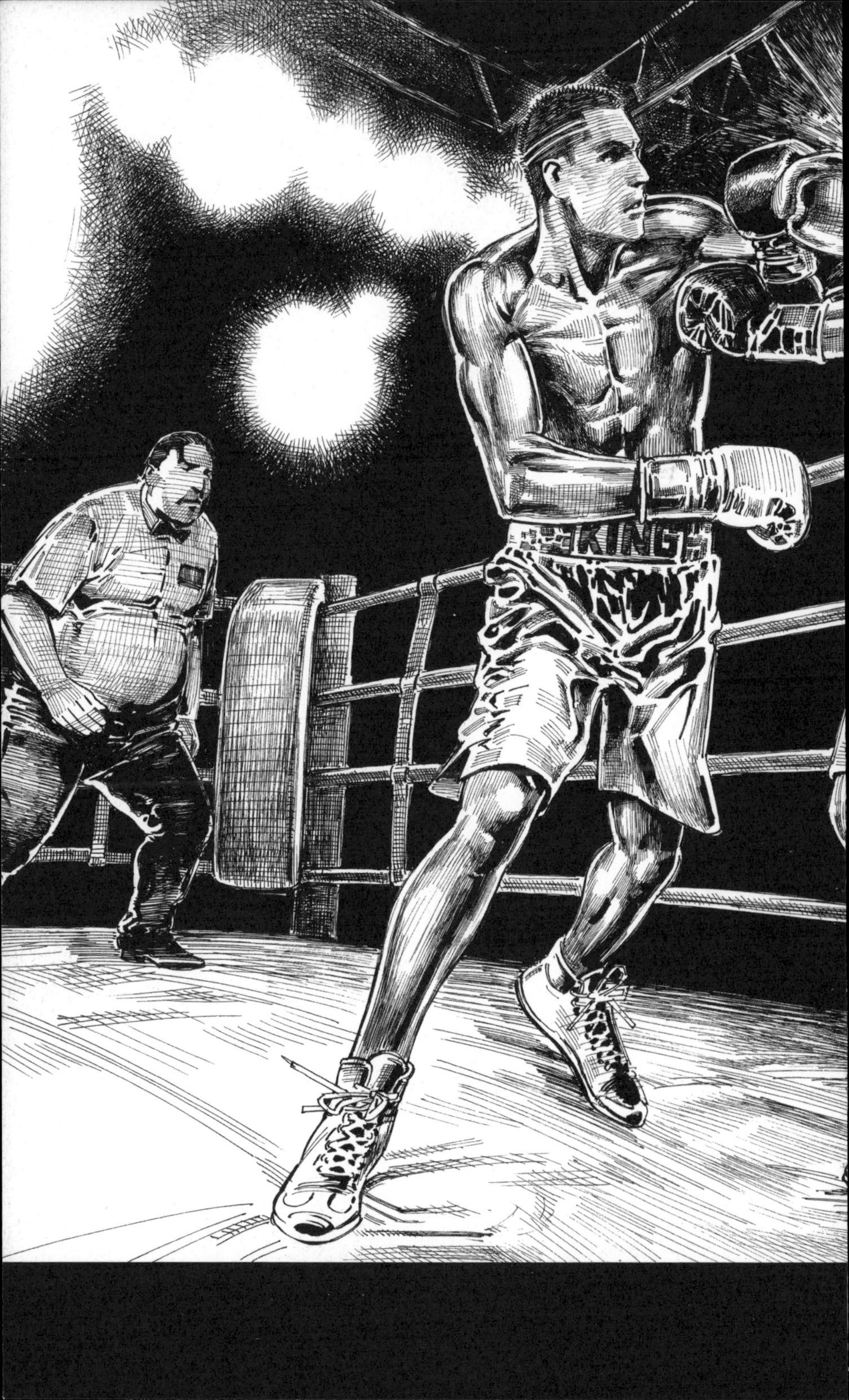
KING

OTO

二〇一五年三月五日，
第二戰，
對澳洲拳手，
歐陽駿——勝。

GAME 2

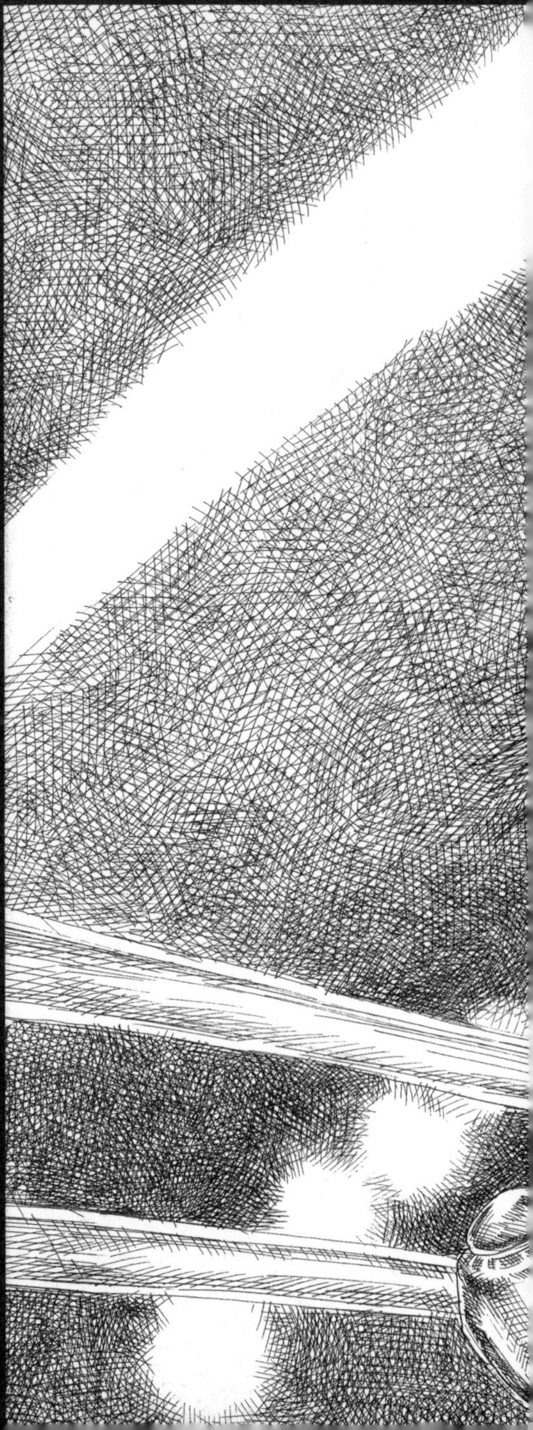

二〇一五年九月二十一日，
第三戰，
對印尼拳手，
歐陽駿——勝。

GAME 3

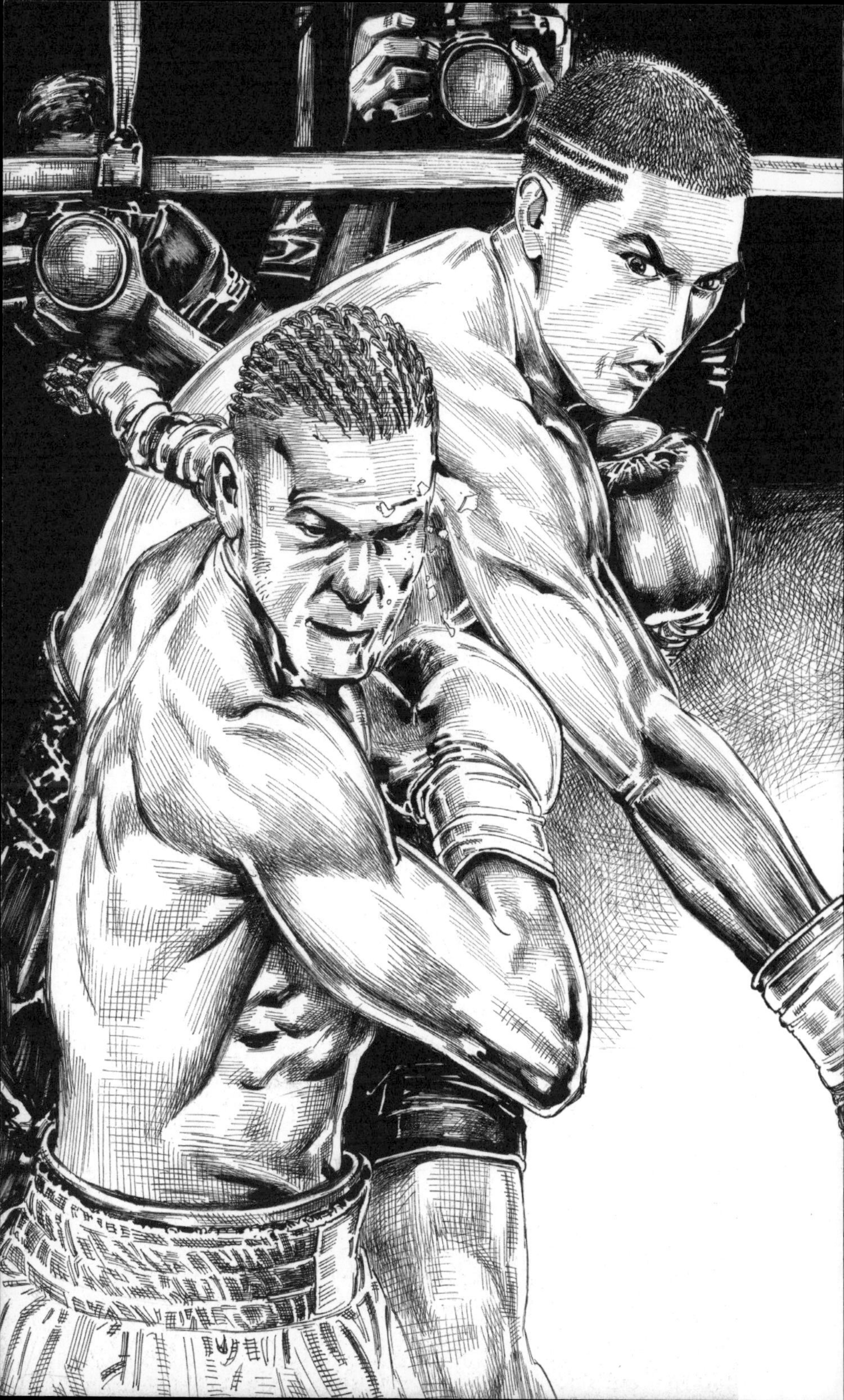

二〇一六年一月九日，
第四戰，
對中國拳手，
歐陽駿——勝。

GAME 4

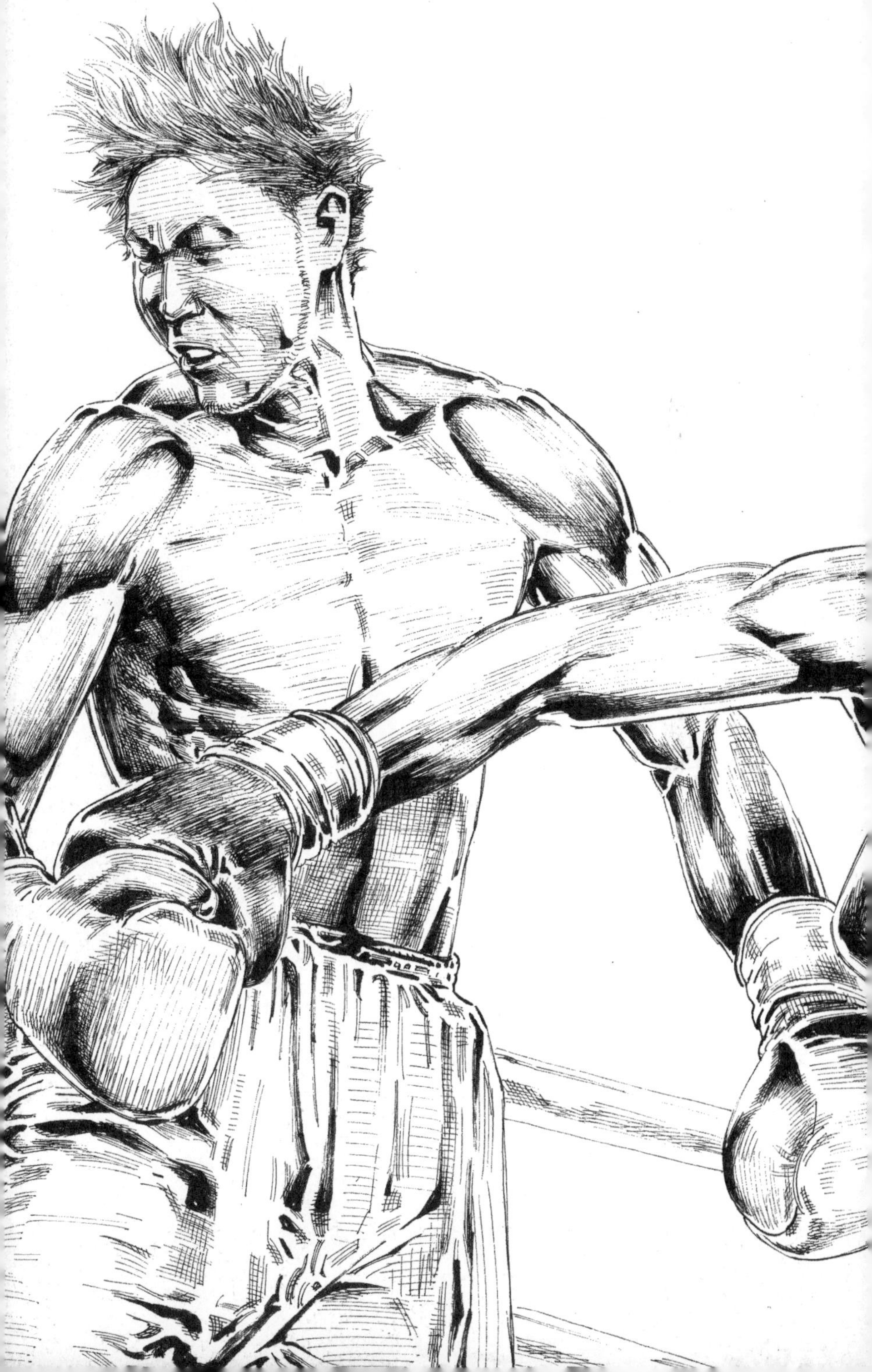

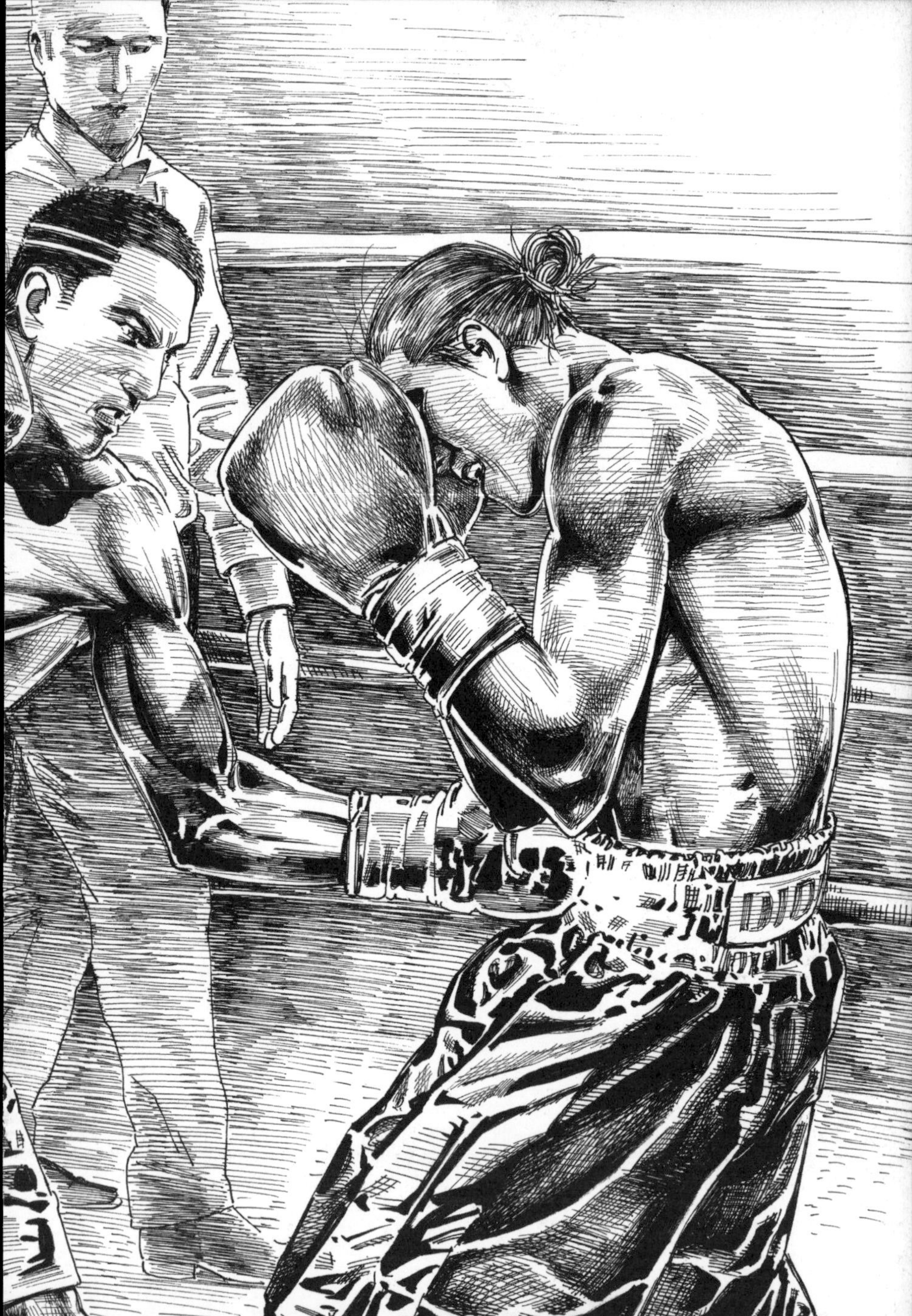

二〇一六年六月十五日，
第五戰，
對俄羅斯拳手，
歐陽駿——勝。

GAME 5

二〇一六年十二月十二日，
第六戰，
對日本拳手，

歐陽駿——勝。

GAME 6

二〇一七年五月七日，
歐陽駿迎來他拳擊生涯的第七場賽事……

GAME 7

KING

「今日的拳賽即將開始，我首先介紹雙方的選手進場。」負責這場拳賽的旁述說：「紅方，香港拳手歐陽駿，二十四歲，出道至今六戰六勝三KO（Knock Out，即擊倒）。」伴隨着旁述的對白，歐陽駿高舉雙手，昂然步入場館。儘管他已打過多場正規比賽，但每次在眾人的焦點下入場，他還是覺得有點尷尬及不自在。進場後，他臉泛微紅，有禮地向場館的四周點頭，回應場內的支持者熱烈的歡呼聲。

「藍方，泰國拳手Somchai，二十六歲，十戰六勝四負。他的成名絕技是連環左拳，過去不少資深拳手都敗於他威力驚人的左拳之下呢！」

今晚的拳賽可說是全城的焦點，吸引了不少香港人進場支持，傳媒爭相採訪，更有電視台現場直播，如此盛況實居功於歐陽駿，因為他出道至今六戰全勝。歐陽駿輝煌的戰績，令不少香港市民開始留意拳擊這項運動。而且，如果他能成功奪得這場的勝利，七連勝的他將會創造出新一代的拳壇神話，所以今日特意到場支持的市民不計其數，入場門票亦一度成為炒賣的對象。

儘管如此，拳擊界對歐陽駿此戰卻不抱期望，因為他的對手Somchai左拳又快又重，對力量較弱的歐陽駿來說是最危險的一類對手。在力量上、在經驗上，新人歐陽駿都明顯吃虧。

然而當比賽正式開始後，之前看扁歐陽駿的人都大跌眼鏡，因為由比賽開始至第四個回合，歐陽駿都憑着靈活而獨特的步法及精準的距離感，巧妙地把對手的攻擊一一避開，未有受對方的重拳影響。儘管如此，歐陽駿至今似乎一直處於被動，頂多偶爾打出一兩記刺拳來牽制。觀眾看到歐陽駿陷入如此劣勢，都不禁為他捏一把冷汗。

相對於觀眾的焦急，歐陽駿所屬拳館「King Boxing」的教練魯堅卻從容不迫。魯堅曾為智慧型職業拳手，退役後當上教練，積極培育及發掘新拳手，因擅於觀察對手的拳路從而制定出致勝策略，而有「觀察者」的美譽。他一如以往展露出一副撲克臉，時而木無表情地冷眼看着拳賽，時而轉動手上的筆桿，彷彿毫不在乎擂台上發生的事情，一切都在他的掌握之中。

果不其然，歐陽駿在第四回合結束後的休息時間得到魯堅的指點，在第五回合就扭轉形勢。這回合甫開始，歐陽駿以擅長的「彈跳移動」迅速彈前一步，主動向泰國拳手Somchai進攻，對方亦馬上還以顏色，把歐陽駿的攻擊化解。不過，Somchai顯然未適應過來，步伐被打亂了，在下一輪攻守之間，就不慎吃了歐陽駿一記勾拳。

歐陽駿沒有錯過機會，迅即補上另一記直拳，正面擊中Somchai之餘，更將對手逼到繩邊。不過，就在這時候，歐陽駿做出令人難以置信的舉動，在場觀眾不禁叫囂起來，旁述看到這個畫面，也激動地說：「嘩！歐陽駿沒有追擊，卻站在原地高舉雙手，處於無防備的狀態！這是對Somchai的挑釁啊！難道他是因為取得了優勢而輕敵？實在太魯莽了！」

Somchai看到歐陽駿的行為，自然大感羞辱，右腳踏前半步，左拳凌空擺動了數下，旁述見狀隨即說：「這是Somchai要使出連環左拳的先兆，看來他受不了歐陽駿的氣燄，要用絕技了結他！」

看來這場比賽的高潮終於要來了。場內的支持者看得血脈沸騰起來，紛紛站起來打氣，對方的教練亦緊張得咬牙切齒。

對旁觀者來說，這可說是歐陽駿在整場比賽中最大的危機。因為他無防備地高舉雙手，以這個距離來看，Somchai踏前突襲的話，歐陽駿不可能有足夠時間迴避，頂多只能以手肘作護手，擋下Somchai第一下攻擊，但下一輪進攻歐陽駿就恐怕無力回天了；然而對歐陽駿及魯堅來說，情況卻並非如此，他們二人的雙眼閃出銳利的金光——他們都為此刻準備良久……

***

「泰國拳手Somchai乘勝打出左拳，迫使日籍拳手以右手肘擋下攻擊，再打出左勾拳KO對手。是著名的連環左拳啊！」電視熒幕播放的影片內旁述亢奮的聲音響徹拳館。

在更早的時間，歐陽駿決戰Somchai比賽的兩星期前，King Boxing內的拳手及助手集合在電視機前，觀看着泰國拳手過往的比賽片段。

「好，功課做完了。」魯堅把片段中的重點在慣用的小本子記錄下來後，就關掉電視，對歐陽駿道：「剛才從影片中都看到了吧？你下一場的對手，左拳又快又狠，不少身經百戰的拳手都應付不了他的連環左拳。」

雖然在擂台上表現勇武，但在擂台下歐陽駿一向寡言，甚至給人有點斯文而害羞的感覺，他對教練魯堅更加既敬且畏。他專心而認真地聽着魯堅的話，點頭示意明白後，魯堅繼續分析：「他的策略說穿了其實很簡單，就是先以左拳擊垮對手的護手，令對手露出空隙後，再打出左勾拳猛轟對手的頭顱。要化解這招並不容易，不過我已經想到辦法應對，唔……還是實際示範給你看吧。」

魯堅把歐陽駿拉到身旁說：「來，你嘗試模仿Somchai來攻擊我。」二人接着擺好姿勢，歐陽駿就按照着Somchai的行動，伸出左手，假裝打向魯堅右手手肘。

「對，這就是Somchai連環左拳的起手招式，接下來就是重點：你要在比賽前，好好鍛煉右手這塊肌肉，令你的護手能撐着這記攻擊之餘，不退、反進……」魯堅說着的同時，忽然伸前右手前臂及手腕，舉向歐陽駿的下顎：「然後賞他一記上勾拳，這樣就連消帶打，一下擊敗你的對手。」

泰國拳手Somchai的拿手好戲，竟然被魯堅如此輕鬆地破解了，歐陽駿看得目瞪口呆，不禁對魯堅深感佩服，唯唯諾諾地道：「是，教練。」

「戰術聽起來很簡單，但能否實際使出，就要看你肯下多少苦功了。」魯堅說罷，轉向身旁的助手打了個眼色，助手就戴上掌墊，準備開始跟歐陽駿「特訓」。歐陽駿亦不敢怠慢，信心十足地戴上拳套後，二人就走到拳館的擂台上對練起來。

練習一開始，助手就如泰國拳手的攻擊一樣，以左手掌墊拍向歐陽駿的右側。歐陽駿馬上架起右手手肘當護手，心中想着只要接下這記攻擊，前臂及手腕如魯堅剛才示範那樣一轉，就能輕鬆化解攻擊及打出上勾拳。沒料到右手手肘這塊肌肉平日疏於鍛煉，歐陽駿無力撐着這一擊，右手被打得向後一縮，在下一秒鐘，助手的左掌墊就從歐陽駿的右邊再攻過來，結果他右臉就吃了一巴掌。歐陽駿心生不忿，馬上回過神來，模仿魯堅向對手的下顎出拳，沒想到被擋住了。

「再來！」在繩角附近觀察的魯堅，此時淡淡地向二人喊道。

歐陽駿吸了一大口氣，再次架好姿勢，助手就重複同一攻勢。在接下來的數小時，拳館內除了二人對打的聲音外，還有魯堅不絕的叫喊聲——

「再來。」

「再來。」

「再來。」

「再來！」

結果在第一晚的對練中，歐陽駿頻頻中拳，卻沒有半次成功用護手擋得住攻擊。他早已疲憊不堪，在最後一組練習時，更身子一軟，整個人跌坐到擂台上。

歐陽駿坐在擂台上氣喘如牛，辛苦了一整晚卻無功而回，不禁對魯堅的策略懷疑起來，半帶心灰意冷地向魯堅求助道：「教練……」

然而他的話還未說完，魯堅就打斷他道：「他用了五成力量而已，你就已經招架不住。想贏那個泰國拳手，就給我繼續練。一百次、一千次，還是一萬次也好，給我練到成功為止！」

面對教練如此肯定的說法，再望見他自信的眼神，歐陽駿打消了心中的疑惑，堅定地回應：「是！教練！」

如是者，第二日、第三日，以至後來的每一日，歐陽駿繼續接受着艱苦的特訓。擂台上汗水飛濺，拳來拳往的拍打聲不絕於耳，歐陽駿經過沒日沒夜的反覆鍛煉，右手手肘的那塊肌肉慢慢變得結實，而助手亦逐漸加大攻擊力度，五成力、七成力、九成力，最終他出盡全力，向歐陽駿猛攻過去。

歐陽駿時而成功、時而失敗，魯堅亦繼續毫不客氣地訓斥着——

「未夠！」

「還未夠！」

「遠遠未夠！」

「給我繼續練！」

「給我繼續練啊！練成了，你就是此戰的勝利者！」

兩星期的時間，就在汗水及叫喊聲之中度過了……

＊＊＊

儘管歐陽駿與助手對練時，已有十足把握使出破解連環左拳的上勾拳，但練習歸練習，實際上Somchai出拳的速度及力量極有可能在助手之上，多日練習的成果到底能否足以應付實戰，歐陽駿自己其實不是太有信心。魯堅對此卻沒發表過一言半語，只着歐陽駿繼續練習。

畫面回到歐陽駿對Somchai的擂台之上。Somchai在繩邊絕地反撲，對雙手高舉的歐陽駿使出連環左拳的起手式左直拳，歐陽駿馬上如練習一樣，彈後半步，把右手拉回胸前，以右手手肘當護手接下攻擊。

「果然是很重的拳……」這是歐陽駿擋下攻擊後的第一個想法，不過這反而激起了他的鬥心，他在內心高聲吶喊：「但你中計了！我就是要引你使出這招，我一定會接到！」

實戰的緊張感令歐陽駿體內累積了大量腎上腺素，加上此刻的鬥心以及本身訓練有素，他右手的肌肉爆發出前所未有的力量，護手的防禦力大幅度提升，成功把泰國拳手的左拳牢牢撐着。然後歐陽駿近乎反射動作般將前臂及手腕一轉，右拳以迅雷不及掩耳的速度朝Somchai

的下顎疾衝過去。

畢竟歐陽駿練習過這個動作沒有一萬次也有數千次了，其流暢度之高，令身經百戰的Somchai也無法即時反應過來。Somchai自知連環左拳無法得逞，又趕不及收回，已立刻揮動右拳，希望能截斷對方的攻勢，但一切為時已晚……

「砰！」

旁述高呼：「歐陽駿的上勾拳重重地擊中了Somchai的下顎！」

Somchai受到重擊，頭部向後一仰，一、兩秒後，整個身子又突然像失去支撐般向前搖晃。基於拳手的戰鬥本能，歐陽駿想衝前乘勝追擊，卻被裁判出手阻止。

「Stop！」裁判擋在二人之間大喊。歐陽駿、魯堅，以至全場觀眾，都彷彿放慢了呼吸，屏息以待，留意着對手及裁判的一舉一動。

裁判開始數秒，但Somchai此刻雙眼反白，一臉栽到擂台之上，顯然在中了歐陽駿的重拳後昏倒，無法繼續作賽。裁判於是數到中途就停下來，呼召醫護人員，並左右擺動雙手，直接宣判賽果：「比賽結束。勝方，歐陽駿！」

此時，歡呼聲及拍掌聲從拳賽場內的每一處傳出，一眾支持者都因着歐陽駿的精彩表現而激動不已，禁不住高呼歐陽駿的名字外，還激動地喊出各式各樣讚嘆台詞——

「贏了！」

「天才拳手！」

「七連勝呀！」

「香港之光！」

「拳擊界的神話啊！」

奪得七連勝的歐陽駿本來雀躍不已，聽到場內各種歡呼聲後，更高興得站到繩角上。他苦練多時，又沉着應戰已久，獲得勝利後終於可以暫時放下肩膀上及心中的包袱。他向教練魯堅伸出象徵勝利的拳頭，臉上帶點稚氣地吐舌及高呼：「教練！Yeah！」

平日不苟言笑的魯堅，似乎也受到場內的氣氛感染，嘴角微微上揚，向歐陽駿作出一模一樣的伸拳動作回應：「打得好！」

歐陽駿步出擂台後，在場的傳媒旋即蜂擁而上，鎂光燈閃個不停。魯堅快步走到歐陽駿身邊，除了護送他外，也準備代表歐陽駿回應記者提問，以及找個機會宣布一個重大而驚人的消息。

當其中一名記者問到：「魯堅教練，你成功為香港拳擊界創造了新星，締造出七連勝的神話，請問接下來歐陽駿會有什麼計劃呢？」

「歐陽駿現在狀態大勇，七連勝只是開始，陸續有來。」魯堅終於找到機會，順勢公開籌備已久的大計：「為了令他成長得更快，汲取更多寶貴的實戰經驗，半年後，歐陽駿將會到澳門威尼斯人，挑戰亞洲冠軍、菲律賓拳王Aflerdo！」

這個答案令在場的一眾記者嘩然，其中一名較熟悉拳擊比賽的體育記者按捺不住驚嘆：「Aflerdo，十六戰全勝十二KO，是最頂級的專業拳手啊！」

歐陽駿聽到後亦緊張起來，壓低聲線在魯堅耳邊道：「噯，教練！這……這等於越級挑戰啊，我……」

與歐陽駿相反，魯堅信心十足地面向傳媒說：「阿駿，由今日起，你的綽號就叫『戰馬』，是我們King Boxing的唯一代表，我對你非常有信心，你也要對自己有信心。下一戰，你一樣會凱旋歸來！」

歐陽駿看到魯堅的反應，也只好堅定地回應：「是……是！教練！」

結果，歐陽駿成為了當晚體育新聞的焦點，翌日各大報章的體育版頭版，亦以相類似的標題作大肆報道——

歐陽駿七戰七勝四KO　創香港神話

半年後越級挑戰菲拳王Aflerdo

***

這場矚目的拳賽獲電視台直播，場內興高采烈的氣氛因此散播到社會的不同角落，不過也有例外，其中包括「尚武拳擊會」。

在尚武拳擊會內，各拳手雖然都有哄到電視機前觀看賽事，他們卻對歐陽駿以及他一直以來的戰績大惑不解，議論紛紛起來。

「這個姓歐陽的新丁，看起來很普通罷了。」

「對呀，以我的觀察，他只是速度及距離感較強，才不是什麼天才、什麼香港之光！哼！」

「但偏偏他出道後七戰七勝，實在很奇怪呢。」

「嗯嗯，的確有點奇怪。阿東，你認為呢？」拳會內的其中一名助手小明，轉過頭來問身後的李承東。

李承東現在雖然與小明同為拳會內的職員，但他曾為職業拳手，在因個人理由退出拳壇前，他獲得四戰三勝二KO一負的成績，以新人來說，其實已相當不俗。剛才他也在電視機前一直觀看着歐陽駿的拳賽，對於小明的提問他沒有回應，灰着臉一言不發地回到更衣室。

他打開儲物櫃，拿出了一張他和歐陽駿的合照。合照的背面寫着「約定在高峰相遇」；照片中他們二人精神煥發，看起來就像拳壇的兩顆明日之星，跟李承東現在總是鬱鬱不歡的樣子大相逕庭。

李承東盯着照片中的歐陽駿，出神地思考着，漸漸地，一陣莫名的不安感在他的心頭盪漾。李承東隱隱然感到事情有點不尋常，剛才Somchai在直播中被擊倒後，他的助手竟望向歐陽駿那邊的繩角，詭異地微笑起來……

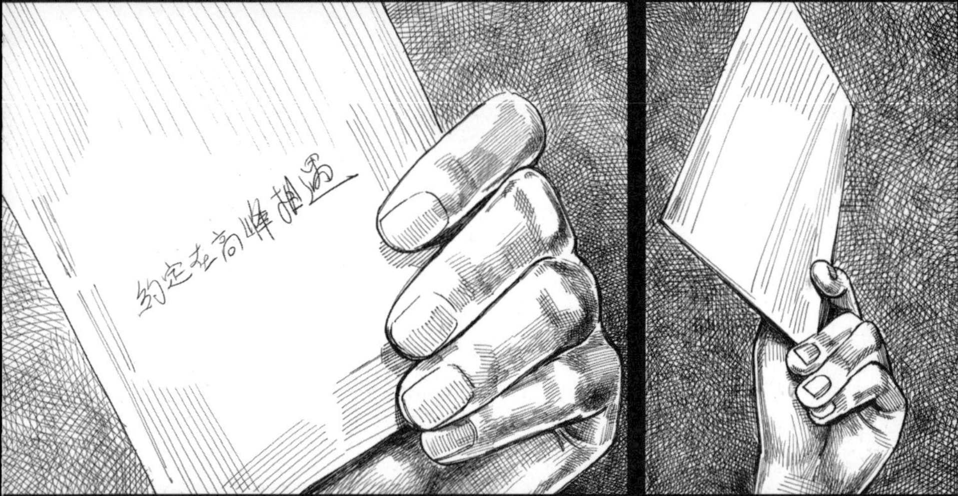
约定在高峰相遇

好友

FRIENDS

ROUND 2

第二回合

翌日早上，歐陽駿回歸平淡，一如平日帶着愛犬「街童」操練兼練跑，實際上他仍然興奮莫名，為昨日發生的事激動不已，因為他創下拳壇七連勝神話，而魯堅公開宣布他在半年後將到威尼斯人挑戰菲律賓拳王 Aflerdo。這兩件事都意味着他與好友李承東之間的承諾愈來愈接近實現的一日。

那個男人之間的承諾。

他和街童從家中出發，先到附近的公園鍛煉步法，順道跟街童玩耍。歐陽駿前後左右重複踏步練習之際，頓覺比起以往輕快得多。他亦回想起昨晚成功擊倒 Somchai 的誘敵策略成功，而且賽後魯堅鼓勵他要多點自信，也自覺沒錯，自己已經是香港神話，不應再畏畏縮縮，毫無王者風範。

此刻歐陽駿體內的血液不禁沸騰起來，他情緒高亢，自然按捺不住要找人分享他的喜悅。他平日離開公園後就會開始練跑，不過今日他先繞到「秀賢寵物店」。

秀賢寵物店，顧名思義，店主名叫秀賢。此店原為「姜氏寵物」，由秀賢的父母在二十多年前開設，再前身是一間賣雜貨、前舖後居的士多。當年因為連鎖超級市場的出現，士多的生意一落千丈，姜秀賢又快將出生，及後的開支將會愈來愈多，姜秀賢的父母於是把心一橫，把士多轉營成當時開始興起的寵物店，生意終於回穩，重回正軌，及後更有能力把店舖購置下來。

數年前姜秀賢的父母雙雙過身，留下了這間店給她。姜秀賢自小就在寵物店長大，對寵物店有深厚的感情，加上這是父母多年來的心血，她於是決定接手，繼續經營下去。她為店舖重新裝修及改名為秀賢寵物店後，光鮮的舖面吸引了不少年輕新顧客，加上秀賢熟悉各用品及對打理寵物很有心得，即使近年這條街道上已開設了為數不少的寵物店，秀賢寵物店仍一枝獨秀，深得附近街坊的擁戴。

不過，凡事一體兩面，為了方便街坊隨時購物，寵物店全年無休，非常困身，因此正值芳齡、樣貌娟好的姜秀賢仍然是單身。

秀賢寵物店是歐陽駿練跑路線的必經之地，所以他每日都會經過，有時候甚至會順道購買街童所需的寵物用品回家。但今日他則是特意前來，想跟姜秀賢分享一下昨日得勝後的喜悅。

可是，他今日來得有點早，姜秀賢正準備開店。她蹲在店外，背向着街道，正要把寵物店外的鐵閘拉起。歐陽駿呆站在她的身後，猶豫了半晌——想在背後叫她，但怕突如其來的叫聲會嚇倒她；想直接出手替她拉起鐵閘，又怕太過唐突。歐陽駿下不了決心，最終無奈地就此作罷，別過身離去。

姜秀賢這時拉起了鐵閘，正式開門營業。然而在她轉身之時，瞥見歐陽駿的背影，可惜他已經步遠了，二人就此錯過一次見面的機會。

歐陽駿找不到姜秀賢分享喜悅，決定改去另一個地方。他繞過了數個街口，走進了一棟外貌破舊、沒有升降機的唐樓。梯間的燈光疏疏落落，其中一層的光管或明或暗地閃爍着，彷彿隨時都會熄滅。他們一人一犬拾級而上，爬上了數層樓梯後，站在一個毫不起眼的單位前——他們終於到達尚武拳擊會。

歐陽駿推開大門，嘗試聽從魯堅的建議，裝出自信，步進拳會。拳會內的一眾拳手馬上熱烈地「歡迎」他——

「哦？是未來世界級拳王？」

「不是要到威尼斯人作賽嗎？居然還有閒情逸致來我們這種小拳會，實在是我們的光榮啊！」

「拳王大駕光臨，我們有失遠迎，還望大人恕罪呢！」

眾人的話都顯然棉裏藏針，而歐陽駿仍被勝利的喜悅及魯堅的建議沖昏了頭腦，絲毫聽不出弦外之音。他回應道：「哈哈，你們實在太抬舉我啦，我最快還要半年後才能成為拳王呢！」

他接着一口氣地自說自話，炫耀着自己的本領：「看來你們昨日都有看我的拳賽直播吧？我的套拳和步法，是不是很厲害呢？那光頭的傢伙自以為他的連環左拳天下無敵，能打垮任何人的護手，竟然一受到我挑釁，就自投羅網。雖然他的拳的確很重，但我早就針對他的招式作重點鍛煉，而且當刻我意志堅定，要破解他的絕技可謂不費吹灰之力。想起來，他其實很可憐呢，如果換了是其他對手，他應該穩勝了，可惜他的對手是我——戰馬歐陽駿！」說話之時，歐陽駿手舞足蹈，更不時模仿着拳賽時雙方攻防的動作。

眾人對歐陽駿的自吹自擂不屑一顧，歐陽駿仍然興奮地說：「唉！如果不是教練的戰術保守，我哪用等到第五回合才擊倒他？第一回合他就退場了！但這樣拳賽又太短了，對專程入場支持我的觀眾不太好……呀，對了！記者會後，有兩名可愛的學生妹拿着我的照片找我簽名，當刻我真是既興奮又尷尬，因為她們手上的照片都拍得我非常有型。你們說，我平日也是這麼帥嗎？」

拳會內的人聽得不是味兒，早已作鳥獸散，各自回到原來的位置工作或練習；在拳會門口呆等的街童也悶得躺在地板上，差點睡着了。場內有留意歐陽駿的，或許就只有李承東一人。

此時，李承東正戴着掌墊，在擂台上跟拳會的客戶練習。今日進行的只是左右直拳的練習，李承東可謂駕輕就熟，沒料到練習期間歐陽駿會走上拳會，侃侃而談，李承東過於集中聆聽，竟一時分神，差點吃了一拳。

客戶立刻緊張地說：「喂，阿東，你不舒服嗎？」

「沒事。」李承東敷衍地回答。

「沒事？我今日的拳有這麼快嗎？」客戶暗諷。

「不好意思，繼續吧……」

客戶看到李承東神色閃爍，繼續練習恐怕對方會再次出錯，略帶不忿地說：「算了，先休息十五分鐘吧。」

這一幕，歐陽駿全都看在眼內。這位好友昔日曾經是叱咤一時的職業拳手，今日竟淪落成拳擊會的私人教練，還要受客戶的脾氣，歐陽駿有點看不過眼。李承東甫步下擂台，歐陽駿就馬上把他拉到一角：「阿東，你不舒服嗎？一副悶悶不樂的樣子。」

「我……」李承東欲言又止，總覺得好像有點多管閒事，順手拿起身旁的一樽水，跟歐陽駿一起坐下來。但李承東轉念想了想，這種話自己不說，恐怕不會有其他人願意當歹角。

「阿駿的事其實算不上是閒事吧？」李承東在心裏如此確認過後，就鼓起勇氣道：「阿駿，我不是悶悶不樂，我是擔心你。」

歐陽駿高振雙臂說：「我健健康康，戰意旺盛，世界級拳手也不是我的對手，我有什麼值得擔心呢？」

李承東搖搖頭，一臉凝重地勸告：「我不是指體能方面，我想說的是，你現在已經是大眾的焦點，以後應該要檢點一些，做人、說話都要謹慎及謙虛，免得招人話柄。」李承東邊說邊扭開水樽的樽蓋。

歐陽駿噘了噘嘴道：「我現在是香港之光了，怎能繼續像以前一樣畏首畏尾呢？」

「不是叫你要畏首畏尾，但做人要留有餘地，自信之餘也應該保留一點謙虛。」

「但教練說，我是七戰七勝的戰馬歐陽駿，還需要謙虛嗎？」歐陽駿不解地問。

「嘖！你看，才說了數句話，你又在炫耀自己的戰績了。」

「那是事實，我為什麼不能說？哦，我知道了，你一定是妒忌我，哈哈！」歐陽駿說罷，就用力拍了李承東的肩一下，害他剛喝下的一口水差點噴出來。

李承東沒好氣地說：「神經病！我要妒忌你？」

「哈哈，你放心好了，我心裏有數，」歐陽駿這時收起了嬉皮笑臉，突然嚴肅起來說：「倒是你，你不如再認真一點打拳吧。」

話題突然轉變，而且竟然是李承東最痛之處，他一時間沉寂下來，歐陽駿則續道：「我知道，你仍對那件事相當在意，但那只不過是一場意外，你又何必耿耿於懷？」

「你只不過知道事情的表面而已……算了，無論如何，我是不會再打拳的了。」

「你真的決定放棄拳擊了嗎？那就由我代替你，去拿下拳王的金腰帶好了。」

李承東沒有回應。他們二人默默對望了數秒後，歐陽駿就站了起來：「我走了，還要繼續練習，為半年後的大戰作準備。到時候你過來澳門支持我吧！」

李承東不置可否地回應：「祝你好運，再見。」

歐陽駿與街童離開後，李承東仍呆坐在場內一角，思考着剛才的對話。

「那只不過是一場意外，你又何必耿耿於懷？」歐陽駿的一句話，勾起了李承東痛苦的回憶。

對李承東來說，三年前的那場「意外」，彷彿只是昨天發生的事，仍歷歷在目。因着歐陽駿的說話，那一幕幕既可悲又可惡的畫面，在李承東的腦海中一一重現。

「如果知道真相，當日我就不會……」每次憶起這件事，他都會如此自責。然而這一次，他卻突然靈機一觸，將當日的悲劇與歐陽駿出道後輕鬆取得七連勝兩件事連結起來。

「但教練說，我是七戰七勝的戰馬歐陽駿，還要謙虛嗎？」歐陽駿剛才的一句話，於李承東的腦海內重播。原來是魯堅教他要驕傲囂張？

那麼，這一切，很可能都跟教練魯堅有關！

想到這點，李承東決定放工後去找魯堅問個究竟。

＊＊＊

霎時間要在茫茫人海中找到一個人本來並不容易，但對李承東來說，魯堅並非陌生人，他清楚知道魯堅的生活非常有規律，這一點對要找到魯堅目前的所在位置非常有利。

現在差不多是King Boxing關門的時間，李承東收工後馬上趕到拳館附近，因為除非另有安排，否則魯堅平日一定會待到拳館關門才離開。

時針指向九字，魯堅的身影果然出現在拳館所在的大廈正門，在對面守候着的李承東隨即跟上去，打算待他走到較寧靜的環境就截停並質問他。畢竟背後如果真的有什麼陰謀詭計，真相曝光的話，對歐陽駿來說也是一宗醜聞，事情秘密地進行比較好。

李承東才開始跟蹤了一會，沒料到魯堅竟自行鑽進了一條幽暗無人的後巷。李承東確信魯堅未發現到他，那麼魯堅走到這無人之地，自然不是為了見他，而是另有所圖。於是李承東在後巷的一端埋伏，看看魯堅到底在盤算什麼。

不久，後巷的另一端步進了另一人。二人見面後只輕聲交談了一兩句，魯堅就從後褲袋掏出了什麼，交到那人手上。由於距離太遠，李承東聽不到他們的對話，但從二人身處的環境及動作來看，令人聯想到的顯然不會是光明正大的交易。

二人的會面不到一分鐘就結束，那人正要離開，並朝李承東身處的方向走過去。李承東嚇得馬上彈開，怕被對方發現，躲在暗角一處，卻因而看到那人的臉。他赫然發現那個人曾在昨晚的拳賽直播中出現過！當時那個人在泰國拳手那邊的繩角幫忙，所以在每回合之間的休息時間，鏡頭都會拍攝到他，換句話說，他是Somchai那邊的人。而他在拳賽結束後，他曾向歐陽駿的繩角方向微笑了一下。

不正當的交易、昨晚比賽對方的人、己方拳手輸掉卻還有心情笑，三者加起來，李承東自然再一次回想起三年前的事件。他再也無法按捺得住激動的情緒，兩步拼成一步跑進後巷大喝：「魯堅！我認得剛才那個人，你們之間到底有什麼關係？」

「哦？」魯堅疑惑地瞥了李承東一眼，翻了翻手上的小本子道：「原來是你，尚武拳擊會的前職業拳手，四戰三勝二KO一負。」

李承東的怒火不減反增，再次大喝及追問：「不要裝傻岔開話題！我問你，你和那個人是否有什麼不法勾當？」

魯堅對李承東不屑一顧地說：「事情跟你無關，我沒必要告訴你。」

「不，阿駿的事就是我的事，他根本沒有他自己想像得那麼強，一定是你在背後搞小動作。」李承東質問：「你快說！你到底有什麼陰謀？」

ROUND 3

第三回合

瘡疤

SCAR

魯堅翻了翻手上的小本子，回想起更多有關李承東的過去。他知道李承東性格固執，今日避而不答的話，恐怕對方日後仍會窮追猛打，不斷騷擾自己。但反過來想，這點倒是有值得利用之處……

於是魯堅望着李承東，雙眉微微上揚了一下，狡猾地笑着問：「我問你，一個拳手的強弱，應該依什麼準則來判定？」

曾為職業拳手的李承東，對此熟悉不過，他堅定地回答：「四項準則：力量、速度、反應、距離感。」

「哦？那歐陽駿最強的是哪方面呢？」

「阿駿的速度及距離感很好，這一點尚武的拳手都認同，但他的力量和反應則較為不足，所以我才懷疑……」

魯堅聽到這裏，打斷對方的話：「嘿，全錯！」

「什麼？」

「歐陽駿最強的，是有我魯堅這個教練！有我『觀察者』在背後制定策略，他才能七戰全勝。」

「換句話說，阿駿的七連勝果然是耍手段得來的結果嗎？」

「日本著名武將宮本武藏之所以會成為劍聖，是因為他從不打沒有把握的仗。在巖流島之戰中，他就曾為針對應付對手佐佐木小次郎的三尺三寸長刀『長光』及絕技『燕返』，故意放棄平日擅長的二刀流，改用由四尺二寸船槁削成的木刀應戰，結果以長度之利輕鬆取勝，對方連絕技都沒有使出就戰死沙場。我魯堅一樣，從不打沒把握的仗，必定會掌握每場拳賽所有的致勝元素！」

魯堅沒正面回應是否有耍手段，但李承東聽到這番話後卻緊張不已。

他踏前了一步，直瞪着魯堅說：「夠了！你不要亂來！阿駿本來就很有天份，只要耐心培育，一定是個出色的拳手，根本不用什麼策略。」

「我不同意。」魯堅還擊說：「身為教練，就有責任為拳手的比賽作部署；沒有我的策略，歐陽駿也不可能一直長勝。」

「但……」

魯堅打斷李承東，繼續說：「別忘記，拳擊本來就是一門生意。拳手參加拳賽，最重要就是勝出，我絕對不會容許有任何『意外』發生。」

魯堅提高了聲量說「意外」二字，這兩個字亦在頃刻間觸動了李承東的神經，那些不愉快的回憶閃過他的腦袋，他頓時怔住了。

就在同一時間，魯堅踏前一步，朝李承東的臉打出一記直拳。雖然魯堅退役多時，但他的直拳依然凌厲，拳風直撲對方。李承東此刻卻怔住了無法反應，眼見將要被打中之際，魯堅的拳頭卻在他的鼻尖前停了下來。李承東的額角不禁冒出了數滴冷汗。

「哼，你看，」魯堅冷笑後解釋：「我利用了你的心理陰影，就能輕易擊中你。如果這是真實拳賽，你早就輸了，你還敢說策略沒有用？」

李承東無力反駁，魯堅就繼續教訓他：「你應該很清楚知道，拳壇跟戰場一樣，都是英雄地，只有勝利者才有資格說話；輸家，還是少管閒事，乖乖滾回家吧。」

魯堅把要說的話都大致說完了，臨離開後巷時，他向李承東拋下一句狠話：「沒有我，歐陽駿會是什麼戰馬？只不過是一頭笨驢而已。」

李承東站在原地呆了半晌才回過神來。他本來希望從魯堅口中套出他的陰謀及手段，最終不但無功而還，還反被教訓了一頓。李承東實在很擔心魯堅在背後真的靠什麼陰謀手段來令歐陽駿致勝，而他最害怕的，是歐陽駿會步他的後塵，遇上那種「意外」——

＊＊＊

那場「意外」發生在三年前，我李承東的職業拳擊生涯才剛起步。

當時站在拳擊擂台上的，是我的第四名對手。我們均為香港拳手，但對方比我早出道一年，實戰經驗較豐富，在外界看來，我在這場拳賽極有可能陷入苦戰。不過，我卻不是這樣想，因為教練早就為我制定了應對策略。

拳賽經過了兩個回合後，教練事前收集的資料我都一一確認了，對手的拳路大致上亦跟預測的一樣，剩下來未確認的，就是對方的弱點，也是我的殺着。

於是，進入了第三個回合後，我就採取較保守的戰略，一直以防守及迴避為主，旨在引蛇出洞。教練說過，對手性格急躁，久攻不下就會開始心急，心急進攻就容易露出破綻，結果不到一分鐘，預測再一次靈驗，他突然連續揮出多記直拳，威力雖大，但動作及空隙更大。

眼見機會來了，我馬上轉守為攻，一個彎身避開對方的攻勢，然後隨即突進縮窄距離，打出一記左勾拳，擊中了對手的右脅。

「砰！噗！」我自問這拳並不算很重，只用了大約四成力，但對方中拳後卻痛得整個人跪在地上。教練果然說得沒錯，對手的右脅有舊患，正是他的弱點。

裁判這時把我們分隔開，並開始數秒。期間，對方一臉痛苦之餘，竟向我投以不忿的目光。我起初沒有在意，還堂堂正正地直視着他，只在心中暗罵：「你瞪着我也沒用啊！」

我知道這樣做有點卑鄙，但如果換轉是對方發現了我的弱點，也會毫不留情地死咬不放啊。在拳擊的擂台上，勝利就是一切。在擂台下日夜操練，在擂台上又要捱打，拳擊生涯如此艱苦，為的就只有一個目的——贏！教練一直向我灌輸如此理念，如今已植根於我的心深處。

當然，到事後我才發現我錯了……

不久，對手重新站立起來，拳賽繼續。我沒有半點猶豫，已下定決心，下一次要出盡全力轟下去，勝利就是屬於我。

我再次採取守勢，引誘對方進攻，但他中過一次計後變得謹慎。然而我也不笨，我改為打出虛招，誘導他正面還擊，然後利用步法移位、突進，並瞄準他身軀的右側，猛轟過去！

「嘭！」擊中了！

就是這兩拳，他就被我打至倒臥在擂台上，更口吐鮮血！

我不禁驚呆了，我的拳有這麼強嗎？奄奄一息的他，這時竟用盡所有力氣，向我作出最後的控訴：「你……怎知道我有傷在身……啊……原來是你……是你派人撞傷我……根本不是意外……」

「你……你發什麼神經！」我當刻也嚇壞了，歇斯底里地反駁：「我根本不知道你在說什麼！瘋子！別亂說！」

然而從此，他再沒有回應我了。

他死了。

我從後來的新聞報道得悉，他的肋骨被我打斷，直插肝臟，導致肝臟破裂，失救而死。

我只不過想利用對手的弱點佔個小便宜，從而勝出拳賽，才會針對他的右脅進攻，根本沒想過只是兩拳就打斷了對方的肋骨，更因此致命。我對此當然震驚不已，而且終於察覺到事有蹺蹊，因為這個策略是教練向我提出的。

而我當時的教練，正是歐陽駿現在的教練——魯堅！

事後，我鍥而不捨地追問魯堅，才從他的口中逼出真相——是他事前派人用單車撞傷了對方，那根本不是什麼舊患，而是新傷。魯堅聲稱自己也沒想過會搞出人命，但我不會再相信他了。那名對手口中的遺言，我亦終於明白是什麼一回事了，可惜一切都太遲。

沒錯，雖然我在拳賽中嚴守拳例，整件事看來只是無心之失，事後甚至有其他前輩來安慰我，叫我不要上心，阿駿也跟我說清者自清，勸我別管其他人的閒言閒語，但我親手殺了人這件事，是鐵錚錚的事實。

這根本不是「意外」，而是我一手造成的！

及後，每當我看到自己握拳的動作，都會不期然想起這雙手曾經殺過人，我又怎可能繼續打拳？於是我放棄了拳擊，不再當職業拳手了。

但願魯堅也得到教訓，不會像過往那樣亂來就好了，我真怕阿駿會重蹈我的覆轍……

＊＊＊

翌日早上，歐陽駿帶着街童繼續練跑，途經秀賢寵物店。

今日他剛巧看到櫥窗上的狗帶，於是走了進店內。

「不好意思……」歐陽駿含蓄地說。

姜秀賢看到了他，先是吃了一驚，然後飛快地把手上那粉紅色的東西收起。姜秀賢本來也是不多話的人，但為了跟歐陽駿打開話匣子，她高興地打趣道：「啊……歐陽先生，你……不是早幾天才買了狗糧？這麼快就吃光了嗎？你不是跟街童搶東西吃吧？哈哈！」

「當然不是啦，哈哈！」因着姜秀賢的笑話，歐陽駿暫時放低操練的事，也沒先前那麼緊張，盡現歡顏地回應：「不過我在外面看到那個有W字裝飾的狗帶，可……可以拿給我看看嗎？」

「沒問題，那是今早新到的，你真有眼光。有紅色和銀色兩種，你要……」

「銀色。」

「我就猜到了，因為你很喜歡銀色呢！」

「對呀，你看，」歐陽駿說着之時，把自己身上款式相近的W字吊飾拿出來：「我自己也戴着這樣的銀色項鏈，所以剛才在櫥窗看到那狗帶，就決定要買下來給街童，因為我們兩父子要戴同一系列的嘛！你……你有興趣要……加入嗎？我可以多買一個給你啊！」說罷歐陽駿臉泛微紅。

「呃……」姜秀賢呆了半晌後，尷尬地回應：「不……不了，我又不是你們一家人。」然後轉身去拿狗帶給歐陽駿。

在姜秀賢離開櫃位的半分鐘，歐陽駿左顧右盼，留意到櫃位內放着數張電影影碟，當中包括《再戰擊情》（*Southpaw*）及《擊動深情》（*Cinderella Man*）。歐陽駿不熟悉電影，對此沒有上心，集中盯着姜秀賢的背影。姜秀賢平日談吐溫文，又愛惜小動物，早已吸引到歐陽駿的注意；她的背影尤其誘人，那柔順飄逸的長髮隨風輕搖，更添幾分嬌美。

不久，姜秀賢便回來了，並轉換話題道：「你半年後要去澳門威尼斯人比賽嗎？」

「對呀，你前晚也有看我的拳賽？」

「當然啦，我是你忠實支持者呢。」

「多謝你呢！」說起拳賽，歐陽駿稍為自信起來：「順道告訴你，我打算替街童改名為『街霸』，因為牠也要有個霸氣一點的名字，才跟我的綽號『戰馬』匹配呢！我們兩父子要一起縱橫四海、征服世界！」

「街霸嗎？哈哈！」姜秀賢說：「其實我想取笑你很久了，你一直帶狗練跑，是扮洛奇嗎？」

「扮洛奇？哼，才不是！」歐陽駿繼續聽從魯堅的建議，自傲地回應：「洛奇都有打輸的時候，但我歐陽駿卻會當長勝將軍，一直贏下去！」

歐陽駿為街霸買下了狗帶後，臨別前尷尷尬尬地對姜秀賢道：「話說回來……以後你叫我阿駿就好了，歐陽先生什麼的太客氣了。」

「但這樣好像有點……」

「反正我都叫你秀賢了，而且我們認識了這麼久，都不只是店主、顧客的關係啦！」

「誒？」姜秀賢聽到此話既驚且喜，心跳加速起來，緊張地追問：「那……那我們是什麼關係？」

歐駿陽這時才驚覺自己好像說多了，馬上胡扯道：「街霸之前有什麼小毛病我都來請教你，而你又會問我有關拳擊的問題，我們……我們當然是好朋友啦！」

「哈哈……對，是好朋友呢……」

姜秀賢看着歐陽駿離開的背影，若有所思般看着桌上的影碟，手摸着收藏在桌子下的粉紅色東西，心裏想着——我和阿駿是好朋友？

ROUND 4

第四回合

出賣

BETRAY

翌日早上，陽光普照，風和日麗。在中環某甲級商業大廈高層的會議室內，兩名男子坐在長桌的兩端，言談甚歡地商討着一宗大生意。

在這會議室內洽談這宗交易，可謂匹配至極。會議室的一邊是一整列的落地玻璃，對着維多利亞港，藍天白雲與蔚藍海岸盡現眼前，景色一覽無遺；在會議室的另一邊，則是閃閃生輝的櫥櫃。櫥櫃之所以會閃閃生輝，除了因為頭上的水晶射燈外，還有櫃內大大小小的獎杯及腰帶，在燈光下顯得璀璨耀目。

當中，更只有屬於世界拳王的金腰帶。

二人此刻商討完畢，低頭參詳着面前的合約。不一會，二人大筆一揮，在合約上各自簽下大名，交易正式完成。

高大魁梧、身穿筆挺西裝的洋人先站起來，他拿起合約，朝另一方走過去；另一邊身形瘦削、個子較小、但目光銳利的華人，完成後也慢慢走向對方。二人剛好在櫥櫃正中，放着世界金腰帶的位置前停了下來，握手同聲道賀：「Congratulations！」

洋人一臉滿足地微笑着，而平日多半是板着口臉的華人魯堅，這時也揚起嘴角來。不過，跟洋人真誠的笑容比較，魯堅的微笑總讓人聯想起「笑裏藏刀」這個成語，櫥櫃的射燈落在他半彎的嘴唇時，散射出來的光芒也彷彿變成一道道危險的刀光。

在他的笑容背後，跟拳壇有關的某件大事似乎正在醞釀中。

＊＊＊

李承東昨晚雖然無法從魯堅口中套出背後是否有耍任何手段，但他認為對方不正面回答，一定是心中有鬼，或許是暗示某種策略的存在。

李承東想了想，即使無法明確提醒歐陽駿，也要讓他有所防範，絕對不能讓好友步自己的後塵，於是今晚與歐陽駿相約在酒吧見面。

李承東準時到達後，先在吧檯的一角找個位置。數分鐘過後，歐陽駿也步進酒吧，在李承東的身旁並肩而坐。

「阿東，」歐陽駿率先開腔：「你平日很少主動約我啊！況且我們昨日才見過面，今日是什麼風把你吹來呢？」

李承東過去認識的歐陽駿一向不擅於辭令，看着對方近日好像愈來愈開朗，今晚見面的第一句話還如此風趣，李承東反而倍感不安。他緊皺眉頭道：「阿駿，我昨日不是才勸過你，說話要謹慎一點嗎？」

「怎麼了？我有什麼不謹慎嗎？」歐陽駿一臉不快地回應：「你今晚約我出來，就是為了批評我嗎？」

「不，我不是這個意思……」

「不是這個意思的話，就不要說掃興的事了。」

「好好好，那我們不如改談你的教練魯堅吧？」李承東假裝轉換話題，實際上這才是相約歐陽駿的目的。

「魯堅？」歐陽駿聽到這個話題，瞬即顯得很雀躍：「你也覺得他為我制定的策略很棒嗎？對了，如果你重新打拳，我可以給你介紹一下，或許他會願意當你的教練呢！」

「策略」二字驚醒了李承東體內的警報系統，他馬上追問：「那就是說，你至今的七連勝，魯堅每一場都有為你制定策略？」

「當然啊！打拳有策略有什麼問題？」

「這就是大問題啊！」李承東想不到應該怎樣開口，最終還是決定單刀直入：「唉，我直接點說好了，魯堅不是善男信女，他在背後一定做了什麼手腳，才能讓你保持不敗。你要小心一點，不要過度依賴他及他的策略啊！」

「我才不是什麼過度依賴！」歐陽駿開始氣上心頭：「你也打過拳，應該明白，沒有策略而亂打一通是必敗無疑。而且我不認為他有做什麼手腳。」

「沒有人叫你亂打一通啊！」歐陽駿如此固執不聽勸告，李承東也緊張起來，禁不住提高聲量說：「但相比起什麼策略，臨場表現更加重要。你只要加緊訓練，耐心打好根基，提升體力及技術，就自然會打出好成績，根本不用什麼策略。」

「夠了！」歐陽駿氣得用力甩下酒杯：「你以為我有策略，就不用練習嗎？我在背後練習得有多艱苦，你又知道嗎？拳賽打完了才幾天，我今晚想放鬆一下，才會應邀跟你聚一聚。早知道你又跟我說教，我就不出來了！」

「阿駿……」

「不說了！我不想跟你吵架，我回去陪街霸好了。」歐陽駿說罷，不待李承東回應，轉身就走。

李承東看着歐陽駿的背影，想起自己遊說失敗，自是擔心不已；但同一時間，他的心中卻泛起另一個疑問：到底誰是街霸呢？

＊＊＊

歐陽駿敗興而回，從酒吧離開後，擺着一副臭臉在街上踱步。一路上，他碰巧看到一群流氓正在欺負兩個羸弱的中年男子，心情煩躁的他，不禁對那些流氓投以一個不屑的眼神。

沒料到，這個動作不幸被其中一名流氓看到了，他馬上對歐陽駿大喝：「喂！你瞪什麼？看不過眼嗎？」

歐陽駿的確不齒流氓的所作所為，但他覺得沒必要跟這些發酒瘋的人糾纏，打算忍讓一下快步離開。然而對方有心找麻煩，繼續喝道：「老子我在跟你說話啊！給我站着！」說罷，他更把手上的煙頭朝歐陽駿的臉直丟過去。

歐陽駿是職業拳手，對動態事物尤其敏銳，他察覺到朝他飛來的煙頭，基於本能反應，毋須思考已瞬即側身避開；氣上心頭的他，更緊接着一個轉身踏步，向那名流氓打出一記直拳，同時厲聲教訓他：「死胖子不要得寸進尺，不是任何人都可以給你隨意欺負！」

歐陽駿的拳直擊向「死胖子」的鼻樑，他向後一仰，鼻血馬上如泉湧出，如果不是得身後的同伴撐着，那名流氓肯定已跌個人仰馬翻。

看到這個畫面，在場所有人都吃了一驚，包括歐陽駿在內。他這時才驚覺闖了大禍——竟因一時衝動出手打人！而更不幸的，是那名「死胖子」正是這群流氓的首領，其他流氓自然不甘受辱，要為首領報仇。其中一名率先大喊：「竟敢打我老大？兄弟，一起上！」

歐陽駿看了看包圍着自己的流氓，扣除剛吃了一拳而站在一旁回氣的首領，對方還有五人。這時其中一人先向歐陽駿攻擊，揮出右直拳，但這人明顯是拳擊的門外漢，揮拳動作太大，速度慢，腳步浮，連初出道的拳手都不如，歐陽駿毫不費力就避開了，並同樣以右直拳還擊，結果卻截然不同，馬上就把對手打在地上。

不過，當他的拳今晚擊中第二人後，他卻突然想起了李承東之前的勸告：「你現在已經是大眾的焦點，以後應該要檢點一些，做人說話都要謹慎及謙虛點，免得招人話柄。」他自知半年後要到澳門作賽，不應節外生枝，而且職業拳手跟一般人毆鬥，被發現的話可說是罪加一等。

想到這點，歐陽駿猶豫了起來，面對流氓攻擊時亦變得只會防守及迴避，不敢反擊。冷不防間，剛才被打在地上的流氓從後抱着歐陽駿，身邊另外兩名流氓看到了，也走上前抓住了他的雙手，歐陽駿的情況急轉直下，突然變成動彈不得，只有捱打的份兒，連續吃了幾拳。

「哈！」流氓首領看到歐陽駿的窘態，狀甚興奮地嘲諷他：「你剛才說，不是任何人都可以給我隨意欺負，但看看你自己，現在還不是一樣？」

歐陽駿又吃了數拳。雖然比起職業拳手，這些流氓的拳都不算重，但一直被打也絕不好受。流氓首領愈看愈起勁，又高聲說：「這臭小子竟敢侮辱我，今日不打斷他幾條肋骨，我峰哥怎繼續出來混？」

其中一名流氓聽到峰哥這番話後，走到路旁拾起了一根木棒，準備以武器代替拳頭。歐陽駿深知不妙，用力掙扎，希望能掙脫束縛，但他被三個人抓着，即使平日鍛煉有素也難以逃脫。

就在這危急之際，一名男子從歐陽駿的背後跑來，連續打出兩記勾拳，把抓着歐陽駿的其中兩人都打退了。

男子高聲道：「阿駿！你在搞什麼？」

歐陽駿未見其人，已認出那是李承東的聲音。現在只剩一人的束縛，歐陽駿身子用力一擺，終於成功掙脫，後退一步站到李承東身旁。

李承東對眼前的情況感到不解，於是重提早前心中的疑問：「難道……難道他們就是你要回去陪伴的『街霸』？」說罷又打出勾拳，擊退了想襲擊他的人。

「當然不是。我只是路過，是他們找我麻煩啊！」歐陽駿此刻已不再猶豫，回應過後揮出擅長的直拳，把手持木棒的流氓打退。

李承東一邊應付流氓的攻勢，另一邊卻不忘向歐陽駿說教：「那你就應該逃啊！打架鐵則，二對一，就想辦法先打倒一個；三對一以上，就走為上着。」

「但你不是叫我多加練習，就不用什麼策略嗎？」歐陽駿借機反諷李承東。

那個持木棒的流氓又來了，李承東擊退對方後，反駁歐陽駿：「沒有人叫你這樣練習啊！你知道嗎？在日本，職業拳手打架……」

「我知道，」歐陽駿打斷李承東道：「拳頭會被當作兇器，算我持械，但這裏是香港。」

流氓的攻勢暫時停了下來，李承東望向歐陽駿說：「放心，就算這裏是日本，也有我幫你頂罪。」

「哈！即使如此，繼續打下去被人發現就麻煩了，我還要去威尼斯人打天下啊！」

「那就把背後交給我，我們速戰速決吧！」李承東建議過後，他們二人就像心有靈犀般，互相背靠着背，衷心相信着另一方，把身後的位置交託予對方，這樣就能專心各自應付前方的攻擊。

流氓首領看到自己一方處於劣勢，也不再冷眼旁觀，除了加入戰團變成六對二外，更指揮着各人進攻。

然而歐陽駿是職業拳手，李承東也是前職業拳手，即使人數上壓倒性地不利，在他們二人通力合作下，這群烏合之眾根本傷不到他們分毫，不一會就被打得潰不成軍，那個首領更不理其他人的死活，乘亂時夾着尾巴先行逃走了。

「算打贏了吧？」李承東望着那些戰意盡失、倒在地上的流氓說：「那我們快點逃離『犯罪現場』了。」

「好！我也打得口乾了，換個地方再喝一杯吧！」歐陽駿爽快地回應。

＊＊＊

「啊！細力一點，好痛啊！」歐陽駿如小孩般喊叫起來。

「你不要亂動，這樣我怎替你消毒啊？」李承東溫柔地扶起歐陽駿的手臂說。

他們二人「逃走」後，走進附近的另一間酒吧內。李承東向酒保借了急救箱，正在為歐陽駿處理傷口。

李承東現在於拳會內工作，清理傷口這種小事對他來說可謂功多藝熟。他一邊替歐陽駿消毒，一邊不快地說：「真是的！為什麼你會無故惹出禍來？」

歐陽駿看來已有點累，沒好氣地道：「我就說了，是他們找我麻煩啊！才坐下來不久，你又要教訓我嗎？」

「好好好，不說了。」李承東了解歐陽駿的小孩子脾氣，之前直接說教幾次都無功而還，反正現在看來也沒事，還是不說好了。他轉換話題道：「但說起來，我們真是『三歲定八十』啊，你還記得我們是怎樣認識的嗎？」

「當然記得啦！那時候你才剛轉校過來不久，測驗時發現鄰座的幾個同學聯合作弊，就找老師告狀，他們事後找你算帳，打你了一頓。」歐陽駿接着說：「你看，你還敢說我生事，你自己當年不是一樣嗎？哈哈！」

「我哪算得上是生事？是他們作弊在先，事後報復也四個人打我一個。不過，那時候多得那個『正義的朋友』，看不過眼他們多人圍攻我而出手相救呢！」李承東直視着歐陽駿說，因為他口中的「正義的朋友」正是歐陽駿。

「我不止出手，還痛斥他們卑鄙，更口出狂言，說打完架誰向老師投訴就是膽小鬼。可是最後被打得很慘的卻是我們。」

「那時我們還未學拳嘛，不能同日而語。那時候根本是亂來，手腳亂打亂踢而已。」

「我還用牙咬他們呢！」話畢，歐陽駿露出雪白的牙齒，模仿當時的情況。

李承東向他翻了一下白眼：「你真是的！但我們可說是不打不相識，打過那場架之後，我們就成了好朋友，還說以後打架就一起打。」

「結果今日又一起打架了，哈哈！」

二人憶起童年往事，有說有笑，早前不歡而散一事早已拋諸腦後，回復昔日他們如親兄弟般並肩作戰的情誼。

李承東與歐陽駿相視而笑。然而歐陽駿這時突然收起笑容，一臉凝重地說：「阿東……」

「怎麼了？」李承東緊張起來，馬上追問：「是不是剛才被打傷了，現在開始感到哪裏不舒服吧？」

「不，沒事，我只是想說……」歐陽駿欲言又止，躊躇良久，才靦腆地說：「多謝你關心我，我會小心的了。我可不是這麼容易受擺布的人呢！」

歐陽駿的話雖然沒頭沒尾，但李承東猜到這是回應自己早前叫他小心魯堅一事。得知自己的說話總算是傳達到歐陽駿的心坎內，李承東終於能放下了心頭大石。

＊＊＊

自從前晚跟李承東暢談一晚後，歐陽駿重拾久違的熱情及感動。拳擊並不只是他一個人的事，尤其李承東退下火線後，奪取金腰帶這個夢想及責任就落在他的肩上。而且，他早前在尚武拳擊會目擊李承東被辱一事後，內心產生了一個念頭：「如果我成為了亞洲拳王，或許我就有能力聘請阿東過來幫我，他就不用在尚武拳擊會受氣了。」因此，無論是為了自己，還是為了李承東，歐陽駿都認定了威尼斯人一戰是許勝不許敗。

此刻他的戰意比起之前燃燒得更加旺盛，雙拳蠢蠢欲動，為半年後的拳賽興奮不已。今晨起牀後不久，他已經在家中鍛煉體能，進行了好幾套高強度間歇訓練，務求以最佳的狀態應戰。

在鍛煉身體的同時，他開啟了電視，重播着最新一集體育節目。這集的主題是拳擊，深入介紹半年後在威尼斯人舉行的拳賽詳情。

節目首先介紹了這場名為「亞洲拳王爭霸戰」的拳擊盛事，屆時將會有合共六名職業拳手出場，進行三場拳賽，其中最矚目的，當然是由出道後七戰七勝的歐陽駿，挑戰亞洲冠軍、菲律賓拳王Aflerdo的金腰帶戰。

接下來，電視台專程遠赴菲律賓，採訪Aflerdo的備戰情況。從片段看到，Aflerdo的訓練非常緊湊，體能訓練、出拳練習、對打練習等，都是他日常生活的一部分。採訪末段是訪問環節，當記者問到Aflerdo對亞洲拳王爭霸戰的想法時，他自信滿滿地回答：「我現正處於巔峰狀態，澳門一戰，我必勝無疑！」

歐陽駿一邊看着節目，一邊操練，看到對方的操練實況，已看得出對方狀態大勇，而且實力強橫，絕對不容小覷。而聽到對方如此有信心的回答時，歐陽駿更激動得對着電視大叫：「真大口氣呢！哼，我要再努力一點，今日去多跑一圈吧！」

這是遇到好對手時，既高興又緊張的亢奮。

說罷，歐陽駿就命令街霸一同外出練跑。由於這不是平日練跑的時間，街霸感到有點疑惑，但也得跟着主人。

他們跟平日一樣，在公園練習過後，就跑經秀賢寵物店。歐陽駿經過之時偷偷瞥了一眼，看到姜秀賢正低下頭，在櫃位內忙忙碌碌地剪貼着什麼，一臉甜蜜地傻笑着，沒有發現正有人在一旁凝視自己。

「大前日買了狗帶，明天才要買狗糧，今日有什麼可以買呢……唉，還是算了。」歐陽駿在內心盤算了一會後，最終沒有進店，繼續跑回家。

回程時，歐陽駿驚覺今日練跑後竟不感疲累，對自己的狀況也很滿意，或許是因為受到李承東的激勵，或許是遇上好對手的興奮，但不論原因為何——

「我戰馬歐陽駿一樣是處於巔峰狀態呢！」他高興地下此結論。

然而，這一切一切，都被一封信打破了。

歐陽駿回到所住的大廈時，打開信箱，竟發現一封由亞洲拳擊經紀人有限公司寄來的信件。

「這是什麼鬼？我都沒聽過這公司……」

他一臉不解地拆開信件，才看了數眼，就幾乎忘記了自己正身處公眾場所，震驚得跌坐在地上，自言自語地說：「教練他……為……為什麼要這樣對我？」

原來魯堅把歐陽駿賣了給亞洲拳擊經紀人有限公司！

歐陽駿先生：

King Boxing的負責人魯堅，已將台端未來三年的拳手合約，轉售予本公司，一切條款不變。

閣下須遵守原定合約，參與將於二〇一七年十一月十九日舉行的「亞洲拳王爭霸戰」。

請閣下於當日中午十二時，準時到達本公司的澳門辦事處報到，準備出賽。

亞洲拳擊經紀人有限公司

崩潰

COLLAPSE

ROUND 5

第五回合

歐陽駿無法接受自己如人球般被人賣走，亦無法理解魯堅為何會在他的巔峰時期這樣做。被煩惱纏繞着的他根本無法繼續鍛煉，於是把街霸送回家後，自己就趕去King Boxing找魯堅理論。

「嘭！」歐陽駿用力推開魯堅的辦公室房門，怒氣沖沖地走進去，大喝：「魯堅！你為什麼要這樣做？」

「哦？」魯堅從容不迫地回頭，看到歐陽駿漲紅了的臉，冷冷地抛下一句：「你收到通知了？」

歐陽駿沒理會魯堅這句話，繼續追問：「我在問你啊！你為什麼要賣走我？如……如果是拳會要錢，只要我多贏幾場拳賽，就會有很多獎金，而且我也不介意多分一點給拳會……」歐陽駿沒有想像中堅強，他開始動搖了，更為魯堅編作藉口，期望對方只是一時衝動或者遇上什麼困難才會這樣做，事情並沒有想像中壞。

不過，這份期望終究只是奢望。

魯堅依然保持平和地回應：「拳會並沒有什麼經濟困難，這個決定純粹是商業考慮。」

「什麼？我……我不明白，拳擊這運動，跟……跟商業考慮有什麼關係？」歐陽駿的聲音開始變得哽咽，斷斷續續地追問。

「你不是這麼笨吧？現代拳擊跟其他體育項目一樣，說穿了，都是商業活動，靠金錢維繫而不斷運作下去。我們身為教練，發掘及培育拳手，然後把他們送上擂台，其實就像推出新股上市。教練的身份就像總設計師，把拳手打造成什麼進取形、強攻形、防守形等，再送上擂台，令拳壇不斷有新面孔加入，拳擊這個商業活動才可以不斷運作下去。」

「那……即使是這樣，你也沒必要賣掉我，我還有商業價值啊！」歐陽駿此刻已如喪家之犬，只想拚命說服魯堅收回成命。

可惜魯堅思慮周詳，正正是想到了這點才作出這個決定。他回應：「沒錯，你現在創出了七連勝的佳績，成為了香港的神話，當然是有價值；但你一旦打輸了，你的光環就會消失，就什麼都不是了。所以，我才要趁着還能賣到好價錢的時候就把你賣掉，道理就是這麼簡單。」

歐陽駿幾乎不能相信自己的耳朵。他不敢相信，他眼中一直悉心栽培他、用心為他謀略的教練，原來背後竟然只是把他當成貨品、股票般的死物，只求善價而沽。他這時又突然回想起，李承東早前在酒吧，曾對他說魯堅不是善男信女，一定做了什麼手腳，才能讓自己保持不敗。歐陽駿也開始懷疑起來，質問魯堅：「所以說，我一直是長勝將軍，都是你的手段？都是你在背後動了什麼手腳？」

「話要說清楚，我並沒有在背後動什麼手腳，但一直以來，我都特意為你挑選一些弱點明顯的對手，然後教你針對應付的方法，才能令你不斷取勝。我憑的是策略，才不是什麼污穢的行為。」

歐陽駿聽到魯堅的解釋，反而更加氣上心頭，他跺着地大喝：「不可能！你騙我！我才沒你說得那麼不濟！我是靠自己的努力及專業精神，才有今日的成果啊！」

「嗄？是惱羞成怒了嗎？」面對着如此天真的歐陽駿，魯堅的耐性開始到了極限，說話也變得直白：「君子相分，不出惡言，有些話我本來不想說，但你覺得這一切都是你努力的成果，那我就告訴你，你根本不是一個稱職及專業的職業拳手。」

魯堅從衫袋內掏出了他慣用的小本子，翻了數番，開始逐一宣讀歐陽駿不專業的罪狀：「一月五日，歐陽駿假扮腸胃炎，缺席早操。二月六日，歐陽駿聲稱鄰居婆婆患病，要貼身照顧，實際上卻是買了新遊戲，躲在家中玩。二月二十三日……」

魯堅由遠至近，數算着歐陽駿近半年來躲懶、缺席操練的例子，但數着數着，情況卻變本加厲，還包括近日的惡行：「五月八日，早上十一時，歐陽駿在尚武拳擊會對其他拳手說，若非教練策略保守，他可提早KO對手。五月十日，凌晨一點，歐陽駿在中環某酒吧外與流氓爭執毆鬥，打傷了六人，其中一人送院留醫。你還敢說自己專業？沒有我，你會成為什麼戰馬？呸！」

歐陽駿目瞪口呆，什麼話都說不出來。他沒料到一直尊敬的教練竟會如此數落自己，更令他意想不到的，是魯堅不知怎的竟可如此鉅細無遺地一一記錄下來。歐陽駿不願面對現實，近乎歇斯底里地大喊：「是你故意算計我！」

「現在米已成炊，你不肯面對現實亦無補於事。你這虛有其表的新股，正式上市後，恐怕就會跌破招股價，我把你現在捧到這麼高，贏盡掌聲及社會注意，你已經賺了。話說回來，亞洲拳擊經紀人有限公司是國際企業，有財有勢，你轉到新公司後，相信會吸引到更多的目光，發展得更快，未嘗不是好事……如果你有真材實料的話。我還是把另一隻舊股重新包裝上市，比經營你這隻空殼公司有賺頭得多。」魯堅無意再與歐陽駿糾纏，說畢這番話後，他就步出房間，留下歐陽駿一人呆站在原地。

歐陽駿再也無法壓抑內心的激動，淚水早已溢出眼眶，從臉頰上徐徐滑落。那一滴又一滴的淚水，除了訴說着歐陽駿對魯堅突然反目而傷心的情感外，也是象徵着他自覺懷才不遇的不忿，是既悲且怒之淚。歐陽駿雖然自問也有躲懶的時候，但絕不認為自己如魯堅所說的「虛有其表」、「空殼公司」、「跌破招股價」那麼難聽。

「我要讓全世界都知道，魯堅你是錯的，我是真材實料的長勝將軍，你一定會後悔賣掉我！」歐陽駿在內心高聲起誓，某種可怕的想法亦正在他的腦海中逐漸形成。

至於率先步出了辦公室的魯堅，他這時走到拳會的一角打了一通電話——

「我是魯堅。李承東，我想找你談生意。」

＊＊＊

同一時間，正在寵物店內看店的姜秀賢，細心地翻閱着今期的八卦雜誌。她從雜誌的一角，看到有關歐陽駿的一則報道，原來在上星期跟泰國拳手比賽前，他曾出席慈善活動開幕禮，並捐出了一對平日練習用的拳套作義賣籌款，所得款項將撥捐協助流浪狗的機構。

「啊！好可惜啊！」姜秀賢忍不住在店內低聲呢喃，因為這個活動由各大寵物用品公司聯合舉辦，寵物店也收到邀請函，她卻因為要看店而沒有出席。

姜秀賢在歐陽駿出道不久，就深深被他吸引着。歐陽駿雖然在擂台上非常勇猛，屢戰屢勝，但初出道時他在台下總是有點害羞，話也不多；他的家人全數移居海外，在港只有他一人獨居。姜秀賢自覺這兩點跟她有點相似，產生了個人投射。另一方面，歐陽駿本來就是寵物店的常客，熟悉的顧客成為了有名人，但仍毫無架子、親切地跟她談話，也令她特別有好感。

姜秀賢很少離開寵物店，透過跟歐陽駿的交談，她見識到寵物店外的風景，例如拳壇內的趣事、到其他國家作賽時的見聞等。她就像透過歐陽駿的眼睛，去觀看到外面的世界。這幾點加來，姜秀賢衷心希望歐陽駿的拳擊事業能一帆風順，再上一層樓，因此成為他的忠實支持者，並因此學習及追看拳擊，亦開始了收集有關他的報道及訪問。上一次歐陽駿進店時，她正在剪貼他前一晚比賽的消息，所以嚇得馬上收起那本粉紅色的剪貼簿。

姜秀賢的內心，其實很渴望跟歐陽駿能有進一步的發展，畢竟她平日接觸到男性的機會不多，歐陽駿是少有年齡、性格及人生經歷都跟她接近的人。她很想可以好好地談一次戀愛，可是她卻不敢作出任何表示，一方面她擔心採取主動會顯得沒有女性的矜持；另一方面，歐陽駿是知名人士，自己卻只是小店店主，從社會地位這方面看好像有點距離。再者，她擔心萬一嚇怕了對方，那就會連這段友誼都失去了，這是她最不願看到的。

至於另一邊廂的歐陽駿，他除了不時光顧外，亦沒有什麼表示。結果歐陽駿踏上擂台這兩三年以來，姜秀賢及歐陽駿之間仍止於店員及顧客的關係。姜秀賢唯有寄情於拳擊電影，把自己幻想成女主角，期望有一日幻想終於化成現實。她不斷收集的剪報，亦成為她的精神寄託及心靈慰藉。

「如果我有去那慈善活動的話，在店外碰到歐陽先生……不，是阿駿，或許可以跟他談談寵物及拳擊以外的事情呢……唉！唯有等待下次再有類似活動吧。」儘管錯失了一次機會，但她得知歐陽駿這麼愛好小動物，又熱心公益，她對歐陽駿的好感仍是增添了幾分。她惋惜地輕嘆後，把該則報道小心地剪下，再妥善收藏於粉紅色的剪貼簿內。握着剪貼簿的時候，姜秀賢總是會感到心頭一暖。

＊＊＊

同日晚上，在一艘正在大海飄浮的躉船上。

船上大部分位置燈光昏暗，唯獨近中央放置着擂台的地方，被大量射燈照耀，而且人聲鼎沸。無論是工作人員，抑或是花錢入場觀看及賭博的觀眾，一樣踴躍地討論着，因為今晚出現了罕見的挑戰者——

「喂！聽說今晚有未來拳王出場，這賭盤肯定賺翻了！」

「職業拳手又怎樣？『黑拳』比職業拳賽更激烈啊，你不是沒看過職業拳手上台不到一分鐘就被KO的情況吧？」

「但這位不同吧？他出道後七戰七勝，還會挑戰亞洲拳王。」

「嘿，我有看過他的比賽，他走運而已，這次肯定完蛋。一條傻狗走上門送死！」

「也不要太小看人家，或許他有什麼策略呢！」

他們在討論的，顯然是戰馬歐陽駿，他今晚竟決意走上黑市拳擊的擂台，在對對手的背景、優缺點一無所知的情況下，一較高下。

歐陽駿這時坐在擂台外準備，而替他打點一切的小明已準備就緒，走到歐陽駿身旁道：「駿哥，差不多要上場了。你突然說要來打拳，是很缺錢吧？嘻嘻！」

歐陽駿雙目凌厲地瞪着前方，卻沒有回應，小明稍頓一下，續說：

「雖然我這樣說好像有點看輕你，但你是阿東的朋友，而且我敬重你，還得提醒你一句。黑市拳擊的規例比正規拳擊寬鬆得多，危險性亦大得多。不過，今晚你的對手，以職業拳例來說，體重級別就比你低一級，應該還好。我本來想替你找個同一級別的對手，但你知道啦，你突然說要來，我一時三刻……」

歐陽駿沒有動搖半分，直直的說：「不用說了，我明白。」

「你沒問題就好了，畢竟你贏了我也能分紅，哈哈。」小明鬆了一口氣後，又突然想起另一件事，提醒歐陽駿道：「還有，你千萬不要讓堅叔知道是我替你接頭，畢竟你是他會生金蛋的雞嘛！」

他口中的堅叔正是歐陽駿的前教練魯堅，可惜小明所說的已經是往事。歐陽駿聽着這句話，感到的只是憤慨，因為在魯堅的心目中，他已經是棄子，所以他才會跑來打黑市拳賽。要冒險與正規拳場外的拳手對戰，歐陽駿為的不是什麼出場費及獎金，只是為了證明自己的實力。

「我要讓全世界都知道，魯堅你是錯的，我是真材實料的長勝將軍，你一定會後悔賣掉我！」在踏上黑市拳擊的擂台前，歐陽駿在內心重複吶喊着早前發過的誓。

EVERLAST

ROUND 6

第六回合

擊倒

K.O.

「今晚的第一場拳賽，是由紅方拳手、七戰七勝四KO的戰馬，對藍方拳手、九戰七勝四KO二負的獵豹。」旁述的聲音從場內響起，而我亦正式踏上這個黑市拳擊的擂台，即將要與比我體重低一級的拳手較量。

在最近的幾場拳賽，我只要踏上了擂台後，就會心無旁騖，只記着教練的策略，專心一意比賽；今日，我踏上了擂台，同樣滿腦子都是教練的話，然而那些都不是有關策略的——

「你這虛有其表的新股，正式上市後，恐怕就會跌破招股價。」

「你根本不是一個稱職及專業的職業拳手。」

「沒有我，你會成為什麼戰馬？呸！」

魯堅，我受夠了！我不會再相信你的話！我是出道後七戰七勝的長勝將軍、戰馬歐陽駿，不是你的棋子！我現在就要在黑市拳賽中證明給你看，你是錯的！

說我衝動也好，說我孩子氣也好，我沒所謂，但我實在不能忍受那個矮老頭的擺佈。那些什麼拳手交易、什麼新公司、什麼威尼斯人賽事，我統統不會承認、不會去打！

今後的路，要打什麼對手，全部由我自己選擇，由我控制自己的命運！

「叮！」

第一回合的鐘聲響起，我應聲一個踏步向前，率先進攻。

面前的獵豹不是職業拳手，我對他可謂一無所知，完全沒有什麼戰術及策略可言，但正因如此，我就能向魯堅證明，就算完全不知道對方的弱點，亦沒有他最自豪的策略，單憑臨場發揮，我也可以戰勝！

「開局後一直捱打的獵豹，打出上勾拳還擊，可惜被戰馬輕鬆地以彈跳避開了。戰馬馬上打出數拳還擊，獵豹再次陷入守勢！」

哼，什麼觀察者？我也有眼，就不懂自己觀察嗎？我對自己的距離感最有自信的了，獵豹跟我身形相若，他的拳我輕易就避開了，他卻一直陷入苦戰。魯堅，沒有你的安排，我還不是一樣嗎？

「碰！嘭、嘭、嘭！」

「戰馬擊中了獵豹的腹部，然後乘勝追擊，打出連環直拳，逼得獵豹只能不斷用護手擋下！」

魯堅你看！獵豹在我面前，也不過是死守的縮頭烏龜罷了！以我的速度，我不斷進攻，到處亂竄打游擊，你奈我何？

「戰馬的攻勢至今仍並有停下來的跡象，不過獵豹改以迴避應對，連續閃開了戰馬的多記攻擊。」

如果這種黑拳貨色我都無法擺平，我還有何顏面在世界舞台上立足？勝負看來已分，我還是速戰速決好了，拳王的金腰帶在等着我，你這嘍囉少擋着我的長勝之……

「嘭！」

「雙方的拳同時正面擊中對方……不，是獵豹的右直拳直擊戰馬的臉！看來一直處於防守的獵豹，已經逐漸看透戰馬的攻勢，馬上就要開始反擊、捕食獵物了，不愧有獵豹的美譽啊！」

我被擊中後，向後踏開一步，重整步伐。

咦？怎會這樣？我怎會被打中？

沒事的，不要自亂陣腳。雖然吃了一拳，但拳擊擂台上拳來拳往，偶爾被打中很平常。沒什麼，不要在意。那個旁述真是的，什麼捕食獵物？我才不會是獵……

「砰！」

「獵豹的勾拳又打中戰馬了！獵豹改為採取主動，戰馬只能一直防守，無力還擊！」

怎可能？我剛才還處於上風，怎會突然兵敗如山倒？這傢伙只不過是黑拳拳手，會比我以往七戰的對手強嗎？

抑或，沒有魯堅的策略，我真的只是個不成氣候的拳手？

不！不會的，我一定是未習慣這個環境而已。來這裏觀賽的人，並不是追求體育運動的公平競技，他們只不過是把這裏當成一個血腥的賭場，在他們眼中，台上的拳手只是賭具，跟鬥雞其實沒有多大分別。他們刺耳的叫囂聲，也跟平日觀眾的吶喊聲截然不同，非但沒有令我振奮，反而令我愈打愈洩氣，甚至開始……有點恐懼？

為什麼我會恐懼？有什麼需要恐懼？我恐懼的，難道是……輸？

「嘭！」

「再次重重擊中腹部！獵豹施展出猛襲攻擊，戰馬完全陷入困境……」

「砰！」

「話音未落，戰馬垂死掙扎反擊，反而露出破綻，頭部再中了一記右直拳，他已經被打到繩角，體力也所剩無幾，窮途末路，拳賽會否就此結束呢？」

可惡！拳賽才不會就此結束，我要振作啊！我在太多場合，對不同的人說過太多冠冕堂皇的說話了，所以我絕不能輸，一定要反敗為勝！不然我以後怎樣面對魯堅，怎樣面對阿東，怎樣面對觀眾，怎樣面對我自己？還有……

還有秀賢！

我對秀賢說過，「洛奇也會打輸，但我歐陽駿不會」，所以我絕對不能丟臉。

被打至繩角又怎樣？在繩角的位置，毋須再考慮閃避，反而能專心一意面對着前方，去衝出重圍。這不是窮途末路，而是絕處逢生！

機會來了！

獵豹看來又想打出右直拳，我才不會第三次中同一招！我要對自己的速度及距離感有信心，這次我一定會成功彈跳避開，再同樣以右直拳還擊。

這就是我策略。這將會是我的第八場……

「嘭！」

「嚓。」

「兩人再次同時出拳……擊中了，對手倒地！血花四濺，護牙膠也被打得吐出來了！裁判開始數秒，不過看來勝負已分。」

很光，很光。我用力打出那一拳後，在我的眼前的盡是刺眼的白光。

在擂台上，我從未試過，從這個視點看到如此的畫面。

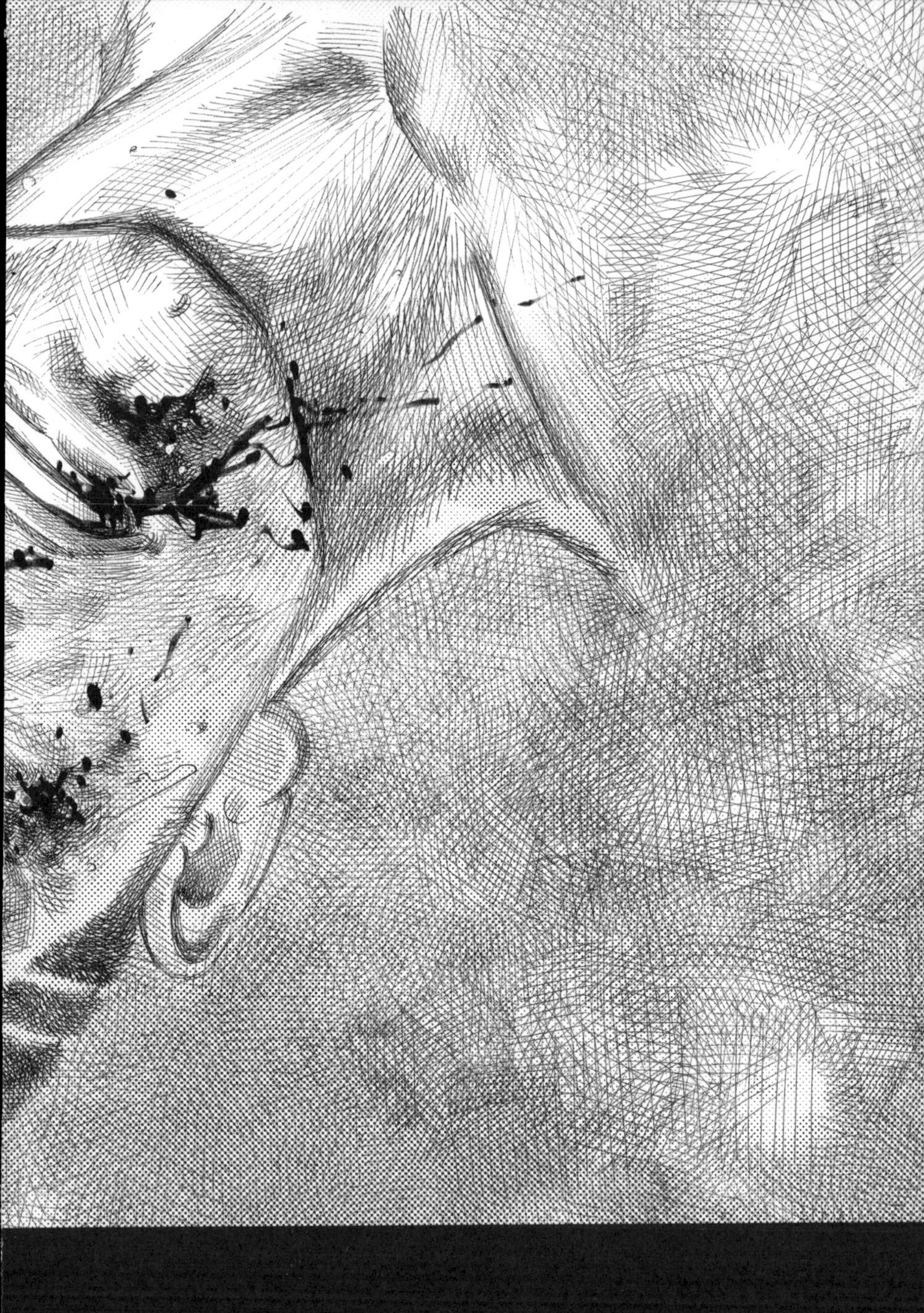

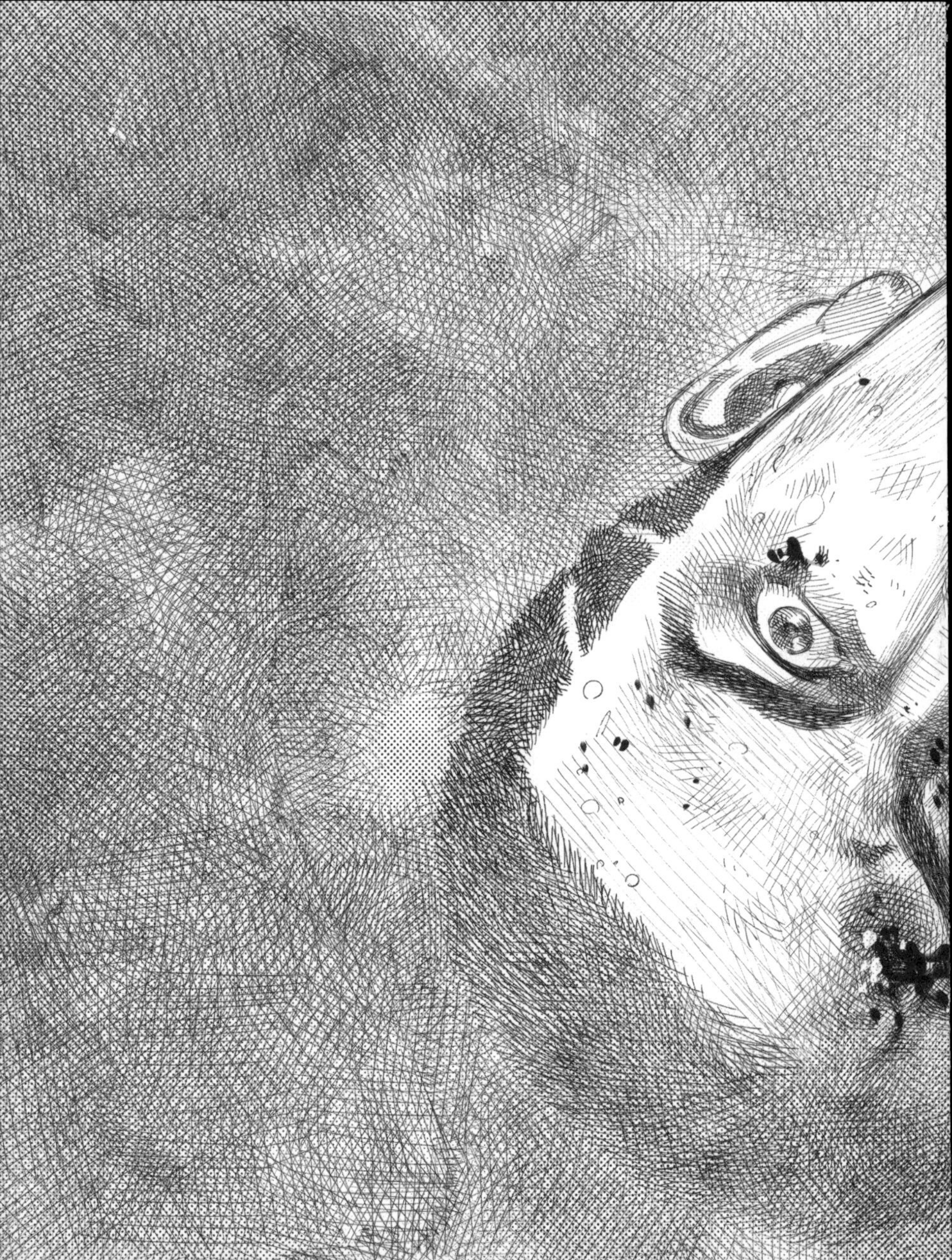

拳證靠近了我，場內觀眾亦開始起哄——

「太弱了，這樣就被打敗，真掃興。」

「什麼未來拳王，第一回合就被KO了，呸！」

「根本就是『跛馬』，世紀大騙局啊！賠我賭本啊！」

不可能，被擊中了的人竟然是我？但眼前的白光就是最好的證明，因為只有被擊倒的拳手，才會從這個角度，直視着頭上射燈的白光。

我想起了，他果然打出了右直拳，我向左一踏，並同樣以右直拳還擊。然而，他好像早就看穿了我的動作一樣，修正了攻擊，正面擊中了我，我的拳卻只擦過他的臉頰。

我輸了，我竟然敗給黑市拳擊的拳手。

我歐陽駿是今年最矚目的新人，出道至今，七戰全勝。我以為在地下黑拳擂台上，也可以繼續創造出神話……怎會這樣？我……不是無人能敵的嗎？

原來……魯堅說得對，我……只不過是個不夠格的拳手……

我戰馬歐陽駿，被徹徹底底的KO了……

阿東、秀賢……對不起……我無法遵守承諾……

在我眼前亮得令人炫目的白光，在這一秒之後，就變成了漆黑一片。

ROUND 7 第七回合

出戰

FIGHT

「李承東，先旨聲明，當初我聯絡你並不是為了這件事，我是事後收到消息，才改為約你來這裏。」魯堅說。

李承東及魯堅二人，此刻正站在醫院的深切治療部、歐陽駿的病牀前。

歐陽駿到躉船打黑市拳賽戰敗，被有「獵豹」之稱的拳手擊倒，重傷昏迷，事後送到醫院來。歐陽駿出了事，替他接頭的小明無法隱瞞下去，只好通知魯堅。

病牀上的歐陽駿渾身插滿喉管，連接着病人的維生裝置默默地運作，牀頭的示波器有規律地跳動着。李承東看着這一幕，心頭泛起一陣既憤怒，又心酸的複雜情感。他用力地隱藏情緒不讓魯堅看到，臉上卻本能地不時出現輕微的顫動。

然而觀察敏銳的魯堅早就察覺到異樣，加上自己也有重要的事情要跟對方談，於是建議：「呆站在這裏也不會有任何結果，我們去外面聊吧。」

他們二人走到醫院外一個人流較少的角落，找了張椅子坐下。初夏早上的陽光打在草地上，有點刺眼。魯堅向李承東解釋出售歐陽駿一事後，拋出剛從便利店買來的報紙說：「非法打黑拳，戰敗重傷昏迷，對手還要比自己的體重低一級，這些全都被傳媒報道出來了。醜態原形畢露，健康的形象蕩然無存，歐陽駿過往七戰七勝的光環不單會消失得無影無蹤，今後更人見人憎，他以後不用叫戰馬了，叫『過街老鼠』比較貼切。」

李承東冷冷地說：「你告訴我這些有什麼用？」

魯堅沒有正面回應李承東的問題，繼續說：「以他現在的情況看來，恐怕半年後在澳門威尼斯人舉辦的亞洲拳王爭霸戰也無法出戰了。」

「魯堅，阿駿現在都昏迷了，你還有心情說比賽的事？」李承東認定是魯堅間接把歐陽駿害成如斯模樣，他無法繼續壓抑心中的怒火，喝道：「你有本事，就去叫醒歐陽駿，或者把昏迷的他推上擂台比賽吧！」

「嘿！說得真冷漠呢！歐陽駿的一切，你都不在乎嗎？」

「阿駿……」李承東猶豫了半晌後說：「阿駿都昏迷不醒了，現在說什麼都沒有用了……」

「這樣說就不對了。老實說，他繼續昏迷還好，一旦醒來，新公司必定會追究到底，鬧上法庭，向他追討損失，到時候他就只會變成一無所有，甚至破產收場。」

「那又怎樣？那是他醒來以後的事了。你喋喋不休地說了這麼久，究竟想說什麼？有話直說，我沒興趣跟你閒話家常！」

「我想說的很簡單，」魯堅以銳利的目光直視着李承東說：「我想你以綽號『殺人鯨』復出，由你李承東代替歐陽駿履行合約，出戰威尼斯人的賽事。」

「哦，我終於明白了。」李承東不笨，很快就將所有事串連起：「你最初聯絡我，就是想我上擂台，現在阿駿昏迷了，你就順水推舟，利用他來向我施壓。哼！我才不會中計，我拒絕！」

「好啊，那你就去找個好律師，準備為你朋友申請破產吧！不要說我沒有提醒你，就算歐陽駿將來甦醒過來，但他的傷勢未明，而且躺在牀上那麼久，很可能一輩子都不能再打拳。他沒有學識、沒有技能，什麼工作都找不了，這輩子注定完了。」

「廢話少說，阿駿他才不會想我背負上他的責任。」

「是嗎？但歐陽駿總是把你掛在唇邊，說要代已退役的好兄弟，贏一條金腰帶回來呢！」

李承東聽到魯堅這句話後怔住了，因為歐陽駿的確不時說起這句話，他每次聽到總是心有戚戚焉。不過，李承東同時憶起，歐陽駿只會私底下跟他這樣說，在公開場合說就只有一次，但當時魯堅並不在場……

魯堅自覺說得差不多了，正所謂「放長線釣大魚」，有些事情急不來。他站了起來，對李承東說：「要是你改變主意的話，就隨時打電話給我吧。」然後就轉身離開。

與此同時，李承東心裏亦有所盤算，一個念頭油然而生……他忽然叫停對方：「魯堅！假如我肯代打，你能保證幫歐陽駿擺平一切嗎？」

魯堅沒有回頭，繼續一邊離開，一邊回應：「我只能說，你不打的話，他肯定無法再在拳壇上立足。等着他的，只會是一輩子都還不清的債。」

魯堅聽到李承東的最後的一道提問，嘴角上揚，邊行邊在慣用的小本子上記下了什麼。

***

同日下午。

歐陽駿將要住院一段時間，李承東知道對方沒有家人照顧他，只好硬着頭皮肩負起這個重任。他決定先到歐陽駿的家，拿點日常用品及衣服過來。

歐陽駿一向大意，他擔心自己有一天會忘記帶門匙，於是把後備匙交給李承東保管，沒料到這時竟發揮作用。

李承東到達歐陽駿的家，打開大門的一刻，馬上受到「熱烈的歡迎」。

「汪！」

「噢，是你。」李承東一直記掛着歐陽駿的傷勢及前途，老實說已完全忘記了這隻狗，幸好要上來拿東西，否則歐陽駿的「罪狀」又會多了「虐畜」一項。

雖然李承東對街霸來說不是完全陌生的面孔，但牠看到開門的不是主人歐陽駿，有點不知所措。

「你大半天沒吃東西，應該很餓了吧？」李承東說罷，就有點笨手笨腳地從廚房拿出狗乾糧，隨意倒了一些進狗食盤內。

基於動物的本能，街霸馬上走近吃了數口。然而，不一會牠又一臉茫然地抬起頭，對李承東發出可憐的低鳴。

李承東不擅長與人相處，寵物就更令他感到困惑，開始有點後悔多管閒事。但他想到這是歐陽駿的寵物，正所謂「愛屋及烏」，怎樣也不能棄之不顧。他只好用力呼出一大口悶氣，對街霸說：「你主人病了，暫時不會回來，我代他照顧你。乖，你先吃東西吧，吃飽帶你去散步。」

李承東起初不抱期望，不認為小狗會聽得懂他的話，但話音剛落，街霸就低下頭去繼續進食，一副相當有靈性的樣子。

「這小狗看來比歐陽駿聽話得多。」李承東冷冷地拋下一句，然後趁着牠進食的這段時間，先去收拾需要帶去醫院的物品。

李承東走進歐陽駿的房間內，打開了衣櫃的幾個抽屜。他先從右邊其中一個抽屜直接取出毛巾，準備拿去醫院為歐陽駿抹身；接着拉開左邊的抽屜，打算挑選幾件內衣褲給歐陽駿替換。看着屬於歐陽駿的內褲，李承東不禁注視着顏色特別鮮艷的幾條，低聲嘮叨了兩句：「真是的，不是已經叫他低調、謙虛一點嗎？行為上收斂了，但這『內在』的東西卻如此高調奪目，是要給誰看啊……」說罷就隨手拿出幾件內衣褲，細心疊好，輕放在袋子裏。

然後李承東踏進浴室，看見洗臉盆上的鏡子髒兮兮的鋪了一層灰，浴室用品也胡亂放了一地。他輕嘆一口氣，稍微擦走鏡子上的灰塵，看到鏡子中的自己比早兩日憔悴了一點。把東西收拾乾淨後，就逐一將牙膏、牙刷、刮鬍子剃刀、刮鬍膏等梳洗用具收進袋中，以便歐陽駿醒來時可以使用，儘管沒有人知道這一天何時才會來臨。

「汪！」街霸的叫聲傳來，李承東知道牠吃完了，於是再檢查一遍，確認所需物品都已收好在袋子中，就提起袋子，準備與街霸出門去散步。

不過，這時又發生了一段小插曲。

李承東即將與街霸外出，於是打算先為街霸繫上狗帶，避免牠走失。可是，當李承東在櫃中隨手拿起一款狗帶，想為街霸戴上時，街霸卻不斷搖頭掙扎。

「怎麼了？不戴狗帶怎去散步啊？」

「汪！」街霸吠叫過後，走到大門前，彷彿催促李承東快點起行。

「但你沒……」

「汪！」街霸再次催促。

李承東無奈地打開大門，打算跟街霸在走廊散步就算了，畢竟他不熟悉街霸的脾性，牠不戴狗帶會否到處亂跑，實在很難預料，不宜冒險。

然而街霸離開家門後，就一直乖乖地緊隨在李承東的身後。李承東在走廊上來回踱步，街霸跟隨着；李承東停下來，街霸也停下來。李承東才稍為放心，帶街霸外出散步。

歐陽駿曾對李承東談及過他的練跑路線，也說過他每次練跑都會帶同街霸，李承東於是嘗試一邊回憶，一邊跟着歐陽駿的練跑路線走着。

不過，街霸走了一會，就若有所失地停了下來，回頭望向李承東發出低嗚。李承東看着街霸水溜溜的眼睛，彷彿看到歐陽駿一樣，蹲下來關切地摸摸牠的頭問：「怎麼了？是掛念主人嗎？」

「嗚……」

「不要緊，那我抱你回去吧，明天我再和你出來散步。」

李承東並沒有為意，他們剛才停留的位置，正好是秀賢寵物店外。

歐陽駿每逢星期五都會來寵物店買狗乾糧或零食給街霸，姜秀賢熟知他的習慣，今日滿心歡喜地期盼着他的到來。看到街霸的一刻，她已心神蕩漾，不自覺地露出甜蜜的笑容，引頸等待街霸身後的身影出現。可是最終下一秒出現眼前的，卻是陌生的面孔。她大失所望之餘，心裏亦泛起種種疑問：「這個人是誰？為什麼今天是他帶着街霸散步，而不是阿駿？難道……阿駿怎麼了嗎？自從認識他以來，好像都不曾試過不是他帶街霸散步……他不會因為練習，而把街霸送給其他人吧？抑或那個人只是他的助手？」

這些疑問，姜秀賢暫時還未知道答案。

＊＊＊

在另一邊廂，魯堅離開了醫院後，再次前往中環亞洲拳擊經紀人有限公司的辦公室。他走進負責人的房內，將合約及支票放在桌上道：

「轉讓歐陽駿的合約及一半費用，退還給你。」

上次見面時一臉笑容、高高大大的外籍中年男子，這回看到魯堅到來，早已板着口臉；聽到魯堅的話後，更怒瞪着他說：「魯堅，這是什麼意思？」

魯堅亦不客氣起來：「少裝蒜了，你怎會不懂？」

「我知道，你想將歐陽駿的買賣合約一筆勾消，但你得退還所有錢之餘，還要賠償我的損失！」洋人堅決地回應。

魯堅沒有打退堂鼓之意，他靠近洋人，向他施加壓力，並一臉嚴肅地反駁：「你要知道，合約生效了才發生打黑拳那種事，我其實一毫子都不用退還給你。你死抱着這份合約，得到的只是一個可能會成為植物人的歐陽駿。收回一半錢對你來說絕對是百利而無一害。至於威尼斯人大賽那邊，我亦會幫你善後。我可以去找另一個高手過來，代替歐陽駿出戰菲律賓拳王。」

魯堅開出的「建議」瞬間吸引了洋人的興趣，他的面容稍為放鬆了一點道：「這個『Plan B』聽起來頗有趣，倒是可以考慮，但你有信心會成事嗎？」

「我辦事，你放心，我早就計劃好一切。只要你點頭，我就會去安排，一場更精彩、更矚目的盛事即將誕生，我們還可以賺到更多的錢呢！」

魯堅胸有成竹地回應。

＊＊＊

好友住院留醫，傷勢嚴重，而且前途盡毀，李承東憂心忡忡，整晚都睡得不好。翌日早上，他帶同前一日準備好的物品，到醫院探望歐陽駿。

李承東坐在牀前，一言不發地望着雙目緊閉的歐陽駿，氧氣罩內的霧氣時隱時現。雖然事發至今才不過兩天，但李承東看着歐陽駿的臉時，總覺得他比之前憔悴及瘦弱。歐陽駿早前因連續勝利而來的驕傲及氣燄，皆已不復存在；現在在他的臉上，反而重現了他昔日有點害羞的稚氣。

李承東認為歐陽駿還是這個樣子最好看，然而一想到對方的未來吉凶難料，他又不忍心繼續看下去。李承東別過臉去，改為掃視着牀邊各種東西。牀頭的監察儀器仍有規律地跳動着，他盯着歐陽駿的心跳讀數，時而高，時而低，上、落、上、落——

上、落、上、落……

良久，李承東回過神來，再次望向歐陽駿，自言自語地說：「唉！阿駿，我不是勸過你，要謹言慎行嗎？為什麼你會這麼衝動去打黑拳呢？」

忽然，歐陽駿的眼皮跳了一下。幾秒之後，他緩緩地睜開雙眼，卻吐不出一字來，只直直地盯着李承東，眼泛紅絲，彷彿在說：「阿東，是我錯了，我應該聽你的勸告。都怪我，得知魯堅賣掉我後，太心急想否定他的說話，想證明自己的實力，更想告訴魯堅，沒有他，我一樣可以在擂台上獨當一面。」

李承東看着歐陽駿焦急的表情，揉一揉他的頭髮，輕聲細語地跟他說：「我知道，我都知道。別急，我明白你的想法。」

歐陽駿用力地眨了眨眼，彷彿想對李承東訴說些什麼。

「我知道，因為我跟你是同一類人。」李承東示意他別動：「你先乖乖地躺着就好。麻醉過後，身體還痛嗎？我叫醫生來替你檢查一下吧。」說罷就站起來，轉身走出走廊。

李承東一步出病房門口，就倚在牆上。剛才看到歐陽駿醒來，既開心，又心酸。本來還擔心歐陽駿不知何時才會醒來，現在總算圓了一件心事，但他實在不忍見到歐陽駿這般模樣。昔日在擂台上意氣風發、自信滿滿的歐陽駿，如今卻在病榻中動彈不得，更不要說重拾如同生命般重要的拳擊。想到發生在好友身上悲劇，也考慮到對方的前程，他沒有盤算太久，心中已經下了決定。同時不禁回想起初出道之時，兩名窮小子在拳館練習時許下的諾言——

「你猜我們誰比較強？」

「肯定是我啦！哈哈！」

「這麼有自信？那我們不如打賭，看看誰能取得金腰帶，輸的一方要請贏的一方到半島酒店大吃一頓！」

「哈！你要記着你說過的話啊！」

「一言為定！」

「且看誰會先拿下拳王的金腰帶吧！」

話畢，二人同時舉起拳頭，碰拳起誓……

「碰！……」李承東的手撞向牀腳，隱隱作痛。疼痛緩緩襲上心頭，他才發現自己一直伏在歐陽駿身旁的病牀上，不小心睡着了。剛才與歐陽駿的一段對話原來只是夢境……

李承東抖擻精神，再望向瞌着雙眼沉睡的歐陽駿。雖然剛才只是發了一場夢，但李承東確信事出必有因，說不定那就是自己心目中真正的想法；而另一個可能性就是歐陽駿的思念傳達到他的心中。

他望着歐陽駿冷嘲道：「你這臭小子，不會是以命相諫，用這『苦肉計』來逼我再次跳回火坑吧？」

「唉！」他嘆了一口氣後又道：「好啦，算你狠，這次我屈服了，但到你康復、生龍活虎之時，我就會拉你上擂台痛快地對打一場，因為我要重重地揍你這個可惡的大笨蛋來洩憤啊！這段時間你就給我好好休息，其他的事，就由我來承擔！」

李承東下定決心後，就轉身離開病房，致電給魯堅：「我打！你替我安排吧。」

在話筒對面的魯堅回應：「歐陽駿有你這個好兄弟，真是幾生修來的福氣。你就放心交給我吧！我觀察者會助你重返巔峰狀態，擬定最佳的作戰策略，讓你殺人鯨回歸拳壇的第一戰，就成為今年拳擊界贏得最漂亮的一仗。」

話畢，魯堅的臉上露出一副「一切都盡在掌握之中」的陰森笑容。

第八回合

ROUND 8

進展

EVOLVE

「怎會這樣？」姜秀賢剛從雜誌看到歐陽駿打黑拳昏迷的消息，驚呼過後，雙眼泫然欲淚。

八卦雜誌內的報道，當然集中在渲染新星歐陽駿犯法打黑拳，以及不敵體重低一級的拳手這兩件糗事，這些揭破知名人士風光背後陰暗面的新聞炒作，最吸引讀者追看。然而姜秀賢在意及緊張的，就只有歐陽駿的傷勢，那些什麼醜聞對她來說都微不足道，也不會動搖她支持歐陽駿的心。

姜秀賢平日不太看新聞，她於是馬上上網翻查資料，才驚覺這件事原來已經是發生在五日前的晚上。她回想起這幾天街霸都是由一名陌生的年輕男子帶着散步，時間跟事件剛好吻合，這就是說，那名男子很可能就是歐陽駿的朋友，代替歐陽駿照顧街霸。

「找到他，就能問個究竟了。」姜秀賢決定今日一整天站在店門前守候，等待那名男子經過。

那名男子當然就是李承東。自從他答應代替歐陽駿出戰威尼斯人大賽後，魯堅就替他擬定了訓練計劃，當中包括了鍛煉體力的練跑環節，而練跑路線則沒有規定。李承東心想反正每天都要來帶歐陽駿的狗散步，就乾脆學歐陽駿帶狗練跑吧。

同日早上，李承東跟過往幾日一樣，從歐陽駿的家出發，中途跑經秀賢寵物店。他還未跑到，姜秀賢遠遠已認出了街霸，於是踏出了兩步，在李承東經過時說：「這位先生，我是秀賢寵物店的……」

然而李承東以為又是那些街頭推銷，並沒有停下來，頭也不回繼續向前跑。街霸稍為減速瞥了姜秀賢一眼，但看到李承東沒有停下，也只好乖乖跟上去。

姜秀賢無奈地一邊追上去，一邊說：「先生，我是……」可是她的聲音柔弱，被李承東的踏步聲及呼吸聲蓋過，對方根本聽不到。而且她跑了數步，就察覺到對方跑速之快，是自己無法跟得上的，不可能跑上去截停他。

眼看這名男子快將要在眼前消失，姜秀賢猶豫起來。她開始有點退讓之意，心想反正對方明天都會出現，到時再截停他就可以了。可是，回想起來，過去的自己就是因為過於猶豫不決，一直擔心做主動會帶來不良後果，跟歐陽駿才會一直止於朋友關係。

她暗罵自己：「都什麼時代了？女性為自己採取主動，爭取想要的東西，有什麼問題呢？現在歐陽駿都昏迷了，還要繼續一拖再拖、明日復明日嗎？」

「不！歐陽駿的事，絕不能再拖延了！我已經錯過了很多次機會，不能再繼續這樣！」

姜秀賢成功說服自己後，頓時靈機一觸，想到辦法。於是她鼓氣勇氣，用盡全身的氣力在街上大叫：「街霸！Come ！」

街霸在歐陽駿的教導下，服從性一向很高，牠聽到自己的名字及口令，馬上按照指示，從遠方跑回姜秀賢身邊。

「Good boy！」姜秀賢輕撫着街霸，牠這時一雙眼睛竟水汪汪起來，彷彿受到什麼莫名的感動。

「咦？街童呢？」李承東拐了個彎，才發現小狗不見了，只好沿路走回頭，不久終於發現了姜秀賢。

男子跑回來了，姜秀賢馬上走上前說：「你好，你是替歐陽駿照顧街霸嗎？」

「街霸？」李承東一臉茫然地問。

「就是這孩子的名字啊。」

「哦！原來牠就是街霸，我還以為是那些流氓，抑或是歐陽駿新認識的女人……」由始至終，歐陽駿都沒有向他提起小狗改了名一事，李承東現在才恍然大悟，困擾多時的疑問亦終於有答案。

然而李承東的反應令姜秀賢感到奇怪，她不禁產生疑問：這人怎會不知道小狗的名字呢？難道這人趁歐陽駿昏迷，把街霸拐回來？

一陣莫名的不安感湧上她的心頭。歐陽駿現在昏迷了，街霸就像他的替身一樣，為了保障街霸的安全，平日溫文爾雅的姜秀賢突然母性大發，把街霸抱起，並毫不客氣地質問李承東：「這孩子你是怎樣得來的？」

「這是什麼意思？」李承東先是吃了一驚，但他認為這個外表看來人畜無害的小女子突然發難，一定有什麼原因，只好解釋：「我是狗主的好朋友，他現在不太方便，我才代為照顧這隻狗。」

「你是狗主的好朋友？我也是他的好朋友啊！」姜秀賢沒有就此鬆懈，她繼續張牙舞爪地追問：「爸爸叫什麼名字？你又叫什麼名字？」

李承東平日甚少跟人交談，跟女性就更少之又少。他不明白這道問題的用意，但一時緊張起來，就直接回應：「李城責，李承東。」

李承東沒有為意自己答非所問，而且姜秀賢得知對方就是李承東，不是什麼偷狗賊，她瞬即卸下裝甲，傻笑起來：「我是問街霸爸爸的名字，不是你的爸爸啊，哈哈！原來你就是李承東。」

「咦，你認識我？」

「嗯，阿駿有提起過你。對不起，剛才誤會了你，嘻……」姜秀賢回復平日的溫和，以傻笑掩飾。

「不要緊。不過……」李承東說：「你是那間寵物店的店主吧？我們不如先進去再談？我好像看到有人溜進去了。」

＊＊＊

他們走入寵物店內，姜秀賢才從李承東口中得知歐陽駿現時的情況。

「真是的。」姜秀賢對歐陽駿打黑拳一事也不禁抱怨：「遇上這種事，為什麼不先找你商量呢！」話是這樣說，但姜秀賢更渴望歐陽駿找自己商量。

李承東回應：「他被近期連續的勝利沖昏了頭腦吧，唉。」

說起歐陽駿的事，他們竟好像一見如故，喋喋不休，街霸聽着聽着，在姜秀賢的懷抱中沉沉睡去。

她低頭看了看手上的街霸，跟以往抱牠的感覺比較起來，好像明顯輕了，竟手抱了這麼久都不覺得累，於是感到奇怪：「街霸好像瘦了很多，你除了帶牠散步外，應該有餵食吧？」

「有啊，每天都有餵。」

「那狗糧還沒吃完嗎？阿駿過往每星期都買一包新的。」

「還有大半包啊，難道……是我放得太少？」

「應該是了。」姜秀賢接着傳授了一些養狗心得，李承東靜靜地聆聽着，但其數量之多，令他無法完全吸收，只好似懂非懂地點着頭。大半小時過後，街霸醒來了，李承東亦離開寵物店。

李承東事後回想起來，歐陽駿從未在他的面前提起過姜秀賢，歐陽駿卻向姜秀賢談及過自己，而且歐陽駿的狗竟然在她的懷內睡着了，他認定歐陽駿及姜秀賢二人關係相當曖昧……

＊＊＊

姜秀賢當日跟李承東交談過後，對歐陽駿及街霸的情況擔心不已。擔心歐陽駿是理所當然，而街霸現在對姜秀賢來說彷彿是歐陽駿的替身，所以她才會將養狗心得都毫無保留地傳授予李承東。

不過，三日後，姜秀賢還是按捺不住，再次截停李承東，因為她察覺到街霸的情況非但沒有好轉，反而愈來愈差。

她抱起了街霸，才檢查了數眼，就緊張得以近乎破口大罵的語氣高聲說：「你怎麼搞的？街霸雖然好像沒再瘦下去，但牠的眼睛、鼻及舌頭現在看起來都很乾澀，早幾天都不是這樣的。你沒給水牠喝嗎？」

李承東側側頭，一臉無辜地回應：「有啊，我每天去阿駿的家時，都會把裝水的碗子倒掉再裝滿，但牠好像都不太喝。到第二天再去，通常還有大半碗剩下，照道理不會不夠喝啊？」

「不可能！那隻水碗是在我這裏買的，當時我計算過街霸的體重來為阿駿挑選，牠每日喝光一碗就剛好喝夠水。之前聽阿駿說，街霸也是一天喝一整碗，運動量大的日子還要額外再加，照道理不會喝剩那麼多啊……」姜秀賢想了想，猜到可能出問題的原因，追問：「你每天把水倒掉後，有清洗水碗嗎？」

「沒有，要經常清洗嗎？」

「要呀，而且不只是經常，是要每天！上次我就說過了，不然水碗底部會累積污垢及黏液。你是怎麼搞的啊！唉！一定是因為這個原因了！因為你沒清洗，街霸覺得水太髒及有異味而少喝水。」姜秀賢這時拉了拉街霸肩頸位置的皮膚，續說：「在健康的情況下，手一鬆開，狗狗這處的皮膚就會瞬即彈回原位，但你看，街霸的皮膚幾乎沒有回彈，代表缺水很嚴重了，繼續這樣下去，牠很可能會有腎結石及尿道問題啊！」

「有這麼嚴重嗎？」李承東知道自己做錯了事，臉色愈來愈難看。

姜秀賢沒理會他，逕自走到店內，拿了個乾淨的碗，盛了一碗水出來。她把街霸放回地上，牠就呼嚕呼嚕地喝着。

「你看！牠喝得這麼急，明顯很渴了！」姜秀賢蹲下輕撫着街霸道：「乖，慢慢喝。」

「對……對不起，我差點害死街霸了。我自己的杯可能半年都沒清洗一次，沒想到小狗用的要那麼注重……」李承東深感歉意，微微地低下頭說。

問題似乎暫時解決，姜秀賢才察覺到自己也有不是之處，尷尬地說：「不好意思，其實我也不應該這麼激動地責怪你，上次我一口氣說了這麼多話，你記不了也是正常，我其實應該只說重點就好。」

「不要這麼說，其實是我的問題，因為我住在『劏房』，不方便養寵物，所以只能每天過來看街霸一次，最近訓練又愈來愈忙，來去匆匆，我也察覺不到街霸有異樣。實際上，由這幾天開始，訓練的排程愈來愈緊密，阿駿那邊我也只能隔天去探望他了。」

「呀！這樣不行啊……」姜秀賢口中的「不行」，除了是指街霸這邊外，當然也包括歐陽駿那邊。雖說醫院內有醫護人員照顧，但對昏迷病人來說，身邊的支持也很重要。

姜秀賢雖然不知道那些電視劇的真偽，但她看到電視劇內的昏迷情節，病人大都是受到親友鼓勵或激勵才會甦醒過來。她在盤算，這個「木木獨獨」的李承東去探望歐陽駿時，肯定只是不發一言地呆坐着；如果自己去探望他，跟他多說話，或許會令他早日康復。

不過，要主動提出幫忙這件事對姜秀賢來說實在太難為情了。代為照顧街霸一事勉強說得過去，但如果要請纓去探望歐陽駿，好像有點超越了好朋友的界線……

「不！」她想，既然上次都踏出了一步，不顧面子及儀態在公眾場所高聲呼喊街霸的名字，這次為了可以有更多機會接近自己的偶像，主動爭取一下，又有什麼好怕？反正李承東都這麼忙，他應該沒拒絕的理由。

姜秀賢終於鼓氣勇氣開口：「你既然這麼忙碌，不……不如……不如……我……狗……狗……」可是她還未說到重點，就結結巴巴起來，根本說不下去。

李承東聽到「狗」字，以為自己猜到對方全部的意思，回應道：「如果你方便的話，那就最好了。但你不用看店嗎？」

姜秀賢亦以為對方全盤收到自己的意思，高興地回應：「沒問題！我可以在開店時把街霸接過來，關店才送牠回去，然後再去探阿駿。」

李承東誤會對方只是樂意幫忙照顧狗隻，沒料到連歐陽駿她也有「興趣」，吃了一驚：「誒？阿駿？」

「不……不行嗎？」姜秀賢看到李承東有點抗拒的反應，失落了半秒過後，卻死心不息地反建議：「阿駿那邊你會隔天去，那我也隔天去就好了，這樣就每日都有人去探望阿駿，他就不會悶了。」

「其實他一直在睡，也沒有什麼悶或不悶……」李承東本想這樣回絕對方的好意，但自己最近的確忙於訓練，就算小明從尚武拳擊會轉了過來King Boxing幫忙處理瑣事，也騰不出多餘時間。而且遲些到臨近比賽之時，可能連隔日去都有困難。

「好吧，」李承東帶點無奈地答應：「醫院方面，我們隔日輪流去探他吧。今晚我有空去，那你就從明天開始，逢雙數的日子去探他吧。」

他們接下來互相交代了一些「實務安排」，如探病時間、探病時要做什麼等；李承東亦把歐陽駿家的鑰匙多配了一把給她。

事後，姜秀賢在寵物店的門外及社交網站，張貼了縮短營業時間的通告，方便她之後去探病。同時，她宣布寵物店這星期會進行大減價，表面說是答謝街坊支持，實情是她實在太高興，自覺跟歐陽駿之間的關係跨進了一大步。

＊＊＊

翌日早上，姜秀賢在開店前到歐陽駿家，歡歡喜喜地把街霸接到寵物店內，街霸亦好像很高興地跟着姜秀賢離開。他們抵達後，姜秀賢就在店內的一角放下狗食盤，準備餵飼街霸，然而她馬上碰到一個難解的問題，自言自語起來：「話說，街霸要吃多少狗糧呢？」

由於早前發生過「李承東餓壞街霸事件」，姜秀賢不希望自己會重蹈覆轍，於是決定要小心思考這個問題。

她回想起以往歐陽駿每星期都會來買一包中包裝狗糧，就此她曾建議對方買大包裝，會更划算。歐陽駿不同意，說他家中比較潮濕，大包裝狗糧吃太久，容易變壞，反而造成浪費；買中包裝較好，每星期剛好吃完一包，就能保證街霸吃到新鮮狗糧。

「那麼，街霸一日就應該吃大約七分之一包中包裝狗糧了。」姜秀賢得出答案後，按照這個想法把狗糧倒出來，卻吃了一驚：「嘩！怎會這麼多？」

原來七分之一包中包裝狗糧，約等同街霸三分之一的體形，數量之多，狗食盤根本裝不下。

理性分析失敗，姜秀賢改為直接問當事人：「街霸，你有這麼愛吃的嗎？」

「汪。」街霸回應，可是姜秀賢不知道這是肯定還是否定的意思。

沒有答案，姜秀賢最終只好把整個狗食盤裝滿，然後靜觀其變，結果街霸吃了半碗就不吃了。

「奇怪？是街霸習慣一日吃幾次嗎？」

但姜秀賢這個想法再次落空，到關店之時，街霸都沒有再吃過。

按照街霸今日的食量來看，一包中包裝狗糧就足夠牠吃兩星期以上，明顯跟歐陽駿所說不符。姜秀賢在第一日照顧街霸就遇上這件令人困惑的事情，她百思不得其解，而真正的原因，她要到以後才知道……

＊＊＊

當晚姜秀賢把街霸送回歐陽駿家後，就趕去醫院探望歐陽駿。這是姜秀賢第一次來探望歐陽駿，她顯得相當尷尬。她走進病房後，整整一個小時都只坐在牀邊的椅子上，跟歐陽駿閒聊了數句，例如今日的天氣、最近在寵物店的見聞等。她並沒有提及街霸又餓又渴一事，一來深怕歐陽駿知道後擔心，二來也不想抹黑任何人——李承東對她來說反而是恩人，讓她有機會跟歐陽駿及街霸獨處。臨離開前，她為歐陽駿抹了抹臉；至於抹身，她選擇留給李承東及醫護人員負責。

不過，隨着她到訪的次數日增，她逐漸打開心扉，說話也沒有之前那麼拘謹，跟歐陽駿的談話內容亦愈來愈豐富，有時候連兒時經歷、成長背景等都涉獵到。姜秀賢彷彿想藉此機會，讓歐陽駿有機會多了解自己一點。

個多星期後，姜秀賢歡天喜地來到醫院。醫院本來是個被愁雲慘霧籠罩的地方，但姜秀賢覺得要令歐陽駿充滿正能量，他才會有甦醒的慾望，所以在不影響到其他人的情況，姜秀賢希望盡量顯得開懷一點。

她今晚拿了幾隻約半隻手掌大小的「迷利稷」，放到歐陽駿面前說：「今日是端午節，我為街霸包了一些小稷子，內裏都是狗能吃而且有營養的食物。牠很喜歡呢，吃了三隻還想吃，不過我怕牠吃太飽沒再給牠了。我特意留了幾隻給你留念，但你記着不要自己偷偷拆來吃啊，因為這些都沒有煮熟啊！」

「這隻稷很可愛呢！」周護士碰巧經過，讚賞過後追問：「你是他的女朋友吧？」

「不不不！」姜秀賢頓時漲紅了臉回應：「我只是他的好朋友。」

「是嗎？」護士奸笑了一下，續說：「歐陽先生那位姓李的朋友來的時候都沒怎樣說話，但你跟他說的話倒是很多，所以我才以為你是他的女朋友。」

「不是啦。」儘管姜秀賢很希望成為事實，但她自問高攀不起歐陽駿，能夠跟歐陽駿成為更要好的好朋友就已經心滿意足。姜秀賢回應：「李先生跟他是十多年的好友，我跟他認識只有幾年，可能男孩子都比較寡言吧，又或者他們盡在不言中。」

「哈哈，可能吧。不過，我們上次有要事打電話給李先生，他沒有接聽，後來好像解釋說是正在訓練，幸好最終那次沒什麼事發生……呃，說起來，不如你也留個聯絡資料給我們，有需要時我們多個人可以聯絡嘛。」

「誒？」姜秀賢怔住了，因為她認定成為病人的緊急聯絡人這回事，只有親屬才可以做，擔心好像會踰越了某條界線。

護士看到她的反應，補充說：「因為歐陽先生在港沒有親人，所以好朋友也沒關係啦。」

「也對，好吧。」姜秀賢的疑慮釋除了，一臉滿足地回應，並留下了聯絡資料。

護士順道向姜秀賢說：「我看到你帶了小糉子來給他看，其實很好啊。你可以帶多些對病人來說很重要或很有意義的東西來，刺激他康復的決心。」

「對他很重要的東西？」姜秀賢幾乎想都不用想，立刻回答：「有呀，他有個兒子！」

「誒？歐陽先生有兒子了？有多大？」

「他飼養了一段時間，應該有三歲了。」

「三歲不行啊！年紀太小不宜探訪病人啊。」

「三歲年紀不算輕，是青年了。」

「什麼？」護士大惑不解之際，突然靈機一觸，追問：「慢着，你剛才說『飼養』？」

「嗯，那孩子有四隻腳，還有一條尾巴呢。」

「哎呀，」護士終於明白姜秀賢口中「兒子」的真正身份：「狗不能帶來醫院啊！」

「噢，是嗎……」姜秀賢尷尬地抓抓頭，暫時未有其他頭緒。

「你再想想吧。好了，我還要繼續巡房，下次再談吧。」

護士離開後，姜秀賢望着歐陽駿，出神地想，回憶起歐陽駿昏迷前最後一次進店時，買了一條有W字裝飾的銀色狗帶給街霸，當時歐陽駿身上也有一條相似的項鏈，還跟她說：「你有興趣要加入嗎？我可以多買一個給你啊！」

這件事姜秀賢歷歷在目，而那對狗帶及項鏈或許算是對歐陽駿重要的東西吧？

姜秀賢在醫院內找了找，發現歐陽駿身上沒有戴着，他送院時的個人物品內也找不到，心想可能他去打黑市拳賽前就除下，留了在家中，決定明天早一點去接街霸，順道去找找那項鏈。

前夕

EVE

ROUND 9

第九回合

翌日，我提早到歐陽駿家，準備在接走街霸前，到處搜索一下，看看能否找到阿駿那條有W字吊飾的項鏈。

「街霸，姐姐今日早到了，我們一起玩尋寶遊戲吧。」我抱起街霸，這時才察覺到其實街霸也沒有戴着阿駿那次購買的銀色狗帶。我再看了看街霸近頸項的毛髮，發現相當順暢及整齊，這代表街霸平日根本沒有戴狗帶的習慣。

這就奇怪了。想起來，阿駿那次買完狗帶後，我好像沒看到街霸用過，而且一直以來，街霸好像也沒用狗帶。

「你不喜歡戴狗帶吧？」我問街霸，然後雙手佯裝要替牠戴上狗帶，輕輕束縛着牠的脖子，牠馬上不斷搖動身子，還發出嗚嗚聲的悲鳴。

看來街霸很抗拒，所以阿駿一直沒幫牠戴狗帶。我得到這個結論後，這件小事本應告一段落，然而我愈加思考，就感到事情愈來愈奇怪，因為阿駿實際上並不只買過一次狗帶，他甚至買過其他狗狗飾物，但好像都沒怎樣見街霸用過……

不，不是沒怎樣用過，是根本沒用過！我從未看到街霸戴過任何一件飾物！

想到這點，我的背部不禁滑下幾滴冷汗，因為這代表阿駿買下的那些東西，並不是為了替街霸裝飾，而是另有所圖。事情向着可怕的方向發展，我感到有點毛骨悚然，甚至想迅速逃離此處。

不過，直覺又告訴我，如果阿駿有什麼詭計，不可能遲遲沒有執行，而且他熱心公益，又愛護小動物，應該不是壞人。反正他現在躺在醫院，不會有任何行動，自然沒有任何危險。於是我下定決心，趁着這個機會，在他的家中走走，順道解開這個謎團。要知道，除了看拳賽及拳擊電影，我其次喜愛的就是看推理小說！

我到訪阿駿的家中已不下十次，但每一次來，都是接送街霸、洗洗狗食盤及水碗、放下狗糧及水，只作短暫時間停留，亦未曾仔細參觀過他的家。因為我覺得，未得戶主同意而到處亂逛，是很不禮貌的行為。不過，這次來是為了喚醒阿駿而要找出那條項鏈，那就沒有辦法了，只好到處找找看看。而且，現在我又多了一個目的，就是要找出阿駿亂買狗飾物的原因。我於是既不安又有點期待地，抱着街霸展開搜索之旅。

我第一站先到歐陽駿的睡房。我把房門推開之際，就大吃一驚，因為我想像不到一名男孩的房間竟能如此整齊。棉被整齊地摺好，枕頭牀鋪乾淨順滑，書桌及地面亦一塵不染。當然，事後我才知道這其實是李承東的功勞，是他上次來找帶去醫院的物品時收拾及打掃的。

由於房間整潔得一覽無遺，我輕鬆確認沒有那項鏈後，就改為打開書桌的抽屜。結果得來全不費功夫，在第一格抽屜的正中央位置，就找到了那條有W字吊飾的項鏈。

「太好了，找到你爸爸的項鏈了，希望他早日醒來就好了。」我對街霸說，然後見時間尚早，決定多搜尋一會，看看能否順道找到街霸那條狗帶，又或者其他對阿駿來說是重要的東西。

我繼續翻開書桌的其他抽屜，找到了一些阿駿的私人物品，如兒時照片等。雖然我看得很陶醉，但看來都不會刺激到阿駿的求生意志，只好放回原位。房間內除了衣櫃外，也沒有其他可以收藏物品的空間，我只好移步回到客廳。

在客廳正中的電視櫃，放着一些阿駿奪得拳賽勝利時的照片，但這些東西都沒什麼特別啊，我那本粉紅色的剪貼簿內全都有。至於獎杯獎牌等在阿駿家中一個都找不到，看來全由拳會保管。

屋子內可能收藏有用物品的地方，就只剩下廚房了。我走到近爐灶一邊的廚櫃內，發現擺放着的都是罐頭及即食麵，看了一眼就知道沒用，我只好抱着最後的希望，走向另一邊的廚櫃。

我先打開上面較小的一格，果然「寶物沉歸底」，因為那格抽屜就像女性的首飾箱一樣，放有大量狗帶及狗狗飾物。種類及數量之多，或許能跟寵物店內的存貨一較高下呢！

「真是的！街霸都不喜歡用，買這麼多想怎樣呢？咦？」我慨嘆過後，細心一看，竟發現抽屜中的飾物，並不是全都購自我的寵物店，因為當中有些是由兩個名貴寵物品牌生產的飾物，由於價格高昂，寵物店又以街坊生意為主，所以不曾進貨。

儘管我找到了那條銀色狗帶，但心中的疑惑不減反增。我在想，難道阿駿喜歡收集狗飾物？但如果屬實，照道理不會將收藏品胡亂塞在抽屜內。抑或阿駿有購物癖，要靠買狗帶減壓？

我未有答案，只好再打開下面較大的一格，這回竟然全是狗糧，當中有一半是阿駿平日買的那款中包裝狗糧！他不是說一星期就會吃完一包嗎？怎會有這麼多剩了下來？又為什麼還要不斷買呢？

不過，我繼繼看，又發現到那兩個名貴寵物品牌的蹤影。這裏也有由他們代理的狗糧，而且貼着「非賣品」的標籤。我繼續翻了翻，再在櫃中找到了一些送貨單——是那兩個品牌定期送狗糧過來的證據！

這……這到底是怎麼一回事？

想起來，阿駿早前曾出席的那個寵物慈善活動，這兩個品牌正是贊助商之一，那麼阿駿家中這些狗狗飾物及狗糧，很可能就是由贊助商贊助的贈品了。

那他為什麼還要來寵物店買狗糧呢？這些名牌狗糧應該更好吃啊！我於是把其中一包貴價狗糧打開，將幾粒放近街霸面前，牠馬上津津有味地吃掉，證實牠不抗拒這名貴狗糧。那歐陽駿為何執意要買便宜貨呢？

事情變得愈來愈複雜，反正我要找的項鏈及狗帶都找到了，我抱着街霸回到客廳，坐在沙發上靜心思考。

至今我發現奇怪的疑點有三：一、阿駿拒絕我的建議，不買較划算的大包裝狗糧，堅持買中包裝，又謊稱一個星期就會吃完一包，實際上一包卻足夠街霸吃半個月，家中亦因而囤積了不少狗糧；二、街霸抗拒配戴狗帶及飾物，亦未曾看到牠戴過，阿駿卻不時到寵物店購買狗飾物；三、阿駿獲名貴品牌贊助，定期送上狗糧及狗狗飾物，但他仍要光顧寵物店。

我開始細心思考這三件事的原因、共通點及關聯。首先，早前我就否定了阿駿是收集狗狗飾物的愛好者，因為如果是收集品就應該會好好保存，甚至找個地方展示出來。阿駿看來也不是購物癖，因為我從沒聽過有購物癖的人，是會以購買狗糧為樂！而且家中特別多的就只有狗糧及狗飾物，有一部分更是贊助品，不是用錢購買。

從這個方向繼續推想，就是說阿駿已有名貴贊助品，卻堅持要買平價貨。莫非……

莫非……

「呀！」想到答案的一刻，我不禁驚叫起來。莫非阿駿不是故意要用平價貨，而是堅持要到寵物店購物。他不斷購物，也不是什麼購物狂，而是要……找藉口……見我？

我為這個結論吃驚得怔住了，目瞪口呆了好幾分鐘。我不敢相信這就是真相，但綜觀這幾件怪事，這是最合理而又最簡單的解釋了……

我一直以忠實支持者的身份鼓勵他、跟他談話，卻因擔心「神女有心，襄王無夢」，不敢作進一步的行動。沒料到，阿駿根本沒有來寵物店買狗糧及狗飾物的必要，卻不時前來購物，竟是醉翁之意不在酒……他白花金錢，只全為了我而來。

這些年來，我們二人經常見面，有講有笑，卻一直止於朋友關係。二人就像跳着正規社交舞一樣，男女之間保持着適當距離，規行矩步，步步為營，深怕不小心越過了楚河漢界，就會招來話柄，引發不可收拾的災難。誰知道在雙方的心目中，原來早就對對方有好感，卻因我們彼此都沒有勇氣去行前一步，一段大好姻緣就此斷送……

「秀賢，你真是個大白癡呀！大白癡呀……嗚……」我抱着街霸在懷中，泣不成聲，街霸亦為我發出陣陣低鳴。

如今，我終於肯鼓起勇氣去截停李承東，還自動請纓去照顧街霸及探望阿駿。

可惜，阿駿現在昏迷了，也沒有人知道他什麼時候會醒來，一切都太遲了。

太遲了……

＊＊＊

九月中，距離亞洲拳王爭霸戰還有兩個月。魯堅離開拳會，專程到澳門威尼斯人，跟主辦這場拳賽的老闆會面。

該名老闆今早已在威尼斯人內的辦公室等候魯堅。他的身形略矮，挺着一個大肚腩，蓄有濃密深黑的鬍子，身穿鬆身西裝。不少胖子都給人一種和善的感覺，然而這男子跟「和善」完全扯不上關係，他那雙幽深的眼睛背後，彷彿藏着一頭機關算盡的兇獸，令普通人不敢直視，魯堅則算是少數例外。

魯堅到達他的辦公室，進入房內不久，老闆就單刀直入地問：「計劃進行得順利嗎？」

「有你的資金，又怎會不順利呢？」魯堅信心滿滿地望着對方說。這位老闆正是菲律賓拳王Aflerdo的經理人，他最近入股了King Boxing，成為了拳會的半個老闆。

「但沒有你的計謀，又怎會成事？」老闆高興地讚賞魯堅：「難得你培育出一匹七連勝的戰馬，他卻自毀前程，我真擔心會誤了大事，沒料到你竟然還有一個更棒的後備殺人鯨李承東，果然是薑愈老愈辣！」

「過獎了。」魯堅說：「李承東我一直留意着他，他比歐陽駿有天分，更能賺錢。不過他已經二十四歲，最近又是他的黃金期，所以我想儘早把他拉回拳壇；相反，歐陽駿本來就差不多要完了，我只是把握這個機會順水推舟而已。」

「哦？那你的黃金期殺人鯨，會殺掉我的菲律賓拳王嗎？」老闆斜視着魯堅道。

「你放心好了，李承東退役多時，只靠這幾個月的特訓，根本連菲律賓拳王的車尾燈都看不到。」魯堅安撫老闆說：「而且，他再厲害也好，也跟歐陽駿一樣，只是Aflerdo的踏腳石。他們永遠都不知道，自己只是被拳王『需要』的對手。拳王嘛，最需要的就是這種在賽前看起來很有威脅性的對手，這樣才能吸引大家的目光，誘使傳媒報道；報道多了，跟廣告商合作的機會就多了，也能炒熱票房。然而一旦開始對賽，拳王卻有絕對的把握，將他們擊倒。由始至終，劇本沒有變，只是角色變了，結果也自然一樣，你不用擔心。」

「那就好了，畢竟你吃了兩家茶禮，我還是有點不放心。」老闆似笑非笑地說。

「洋鬼子那邊我只是玩玩而已，我們這邊才是正經事。如何牢牢地保持光環及名銜，長期握着拳王的金腰帶，才是拳擊這門生意最重要的策略嘛！這點是你教我的啊，我又怎會忘記呢！」

說罷，二人為這場即將帶來可觀收入的拳賽高興地同聲笑着。

＊＊＊

那次姜秀賢得知歐陽駿的真心後，她更加用心照顧街霸，而且不時為他的家居打掃，更把破舊的用品如毛巾、牙刷等換掉。她希望以此回應歐陽駿一直以來的心意，待他醒來之時，就能立刻回到舒服整潔的家。

而另一邊廂的李承東，他自知離開了拳壇好一段日子，疏於練習，為了追回這段空白期，於是加緊訓練，去醫院探望歐陽駿的時間愈來愈少，由最初隔日去，逐漸變成三日一次、一星期兩次、一星期一次，到最近甚至完全沒去，將探望歐陽駿的責任全盤交給姜秀賢。畢竟對李承東來說，替歐陽駿打贏這場比賽，成功奪得金腰帶，才是當下最重要的事情。

姜秀賢、李承東二人，分別對內、對外，為歐陽駿默默耕耘。

時光飛逝，終於來到比賽前夕。在這重要的日子，他們二人相約，首次同時前往探望歐陽駿。

他們二人先後單獨留在病房內。姜秀賢拿起濕毛巾，一邊為歐陽駿抹臉，一邊輕聲說：「明日就是威尼斯人大賽的日子。你奪得七連勝當日，我聽到這個消息就興奮不已，還傻傻的打算立刻上網購票，當然那時還未正式發售啦，哈哈。」

姜秀賢打開病牀旁的抽屜，把早前從歐陽駿家中找到的那條有W吊飾的項鏈拿出來，為歐陽駿戴上。

「這條項鏈，是我們最後一次對話的證明。看店的工作其實很苦悶，但那時候，我每星期都很期待你來買狗糧，能夠跟你談談話，就是我最大的幸福，亦成為了我努力工作下去的最大動力。可惜我們彼此都錯過了對方……」

姜秀賢哽咽起來，花了一點時間平復心情，她才續說：「不過，我已經想通了，我不會再害羞，不會再在意世俗的目光。下一次見面，就由我來做主動，邀請你去約會，所以你要早日醒來啊！」

「今日你就好好休息吧；明日就請你保佑李承東凱旋歸來。」說罷，姜秀賢在歐陽駿的額上輕吻了一下。

接下來是李承東。他也拿起了毛巾，為歐陽駿抹抹身。他沒有多說話，一直靜靜地抹着，直到他掀起了歐陽駿的上衣時，看到那個有W字吊飾的項鏈，馬上怔住了。

李承東一臉靦腆地傻笑着說：「笨蛋，你是什麼時候戴着這東西的？W是代表西（West）吧？」

李承東看了看自己身上，正戴着配有E字吊飾、代表「東（East）」的項鏈說：「我記得你曾經說過，我是東，你就是西，我們兩兄弟東征西討，要稱霸全球拳壇。那時我還回應你，說你的名字都沒有西字。你說不管，總之世界就是我們兩兄弟的『東西』。我退役後，你就說要代我爭取金腰帶。沒料到現在你昏迷了，又輪到我代你出戰，打金腰帶賽……」

李承東回想起上一次在夢中跟歐陽駿的「對話」，或者那場夢並不是自己幻想出來，是歐陽駿的思念傳遞到自己的腦中。

「我就是你，你就是我。所以，今日你就好好休息吧，明日就請你在台下陪伴姜秀賢為我打氣。」話畢，李承東在歐陽駿的額上……以手指輕彈了一下。

時間不早，二人離開了醫院，在門外客套地閒聊了數句，就打算分別。臨別前，姜秀賢為李承東打氣：「明日加油，我會在台下為你吶喊助威。」

李承東點點頭，姜秀賢再說：「那你早點回去休息吧。」

「嗯。不過我還有一個地方要去，去完，我就會去好好休息。」李承東回應，然後轉身離去。

21
MAY
WORLD CHAMPION
WBC
vs 李承東

***

翌日，也就是澳門威尼斯人亞洲拳王爭霸戰的比賽正日。這場比賽是亞洲區的盛事，盛況空前，吸引了不少來自其他國家的觀眾到場，多國電視台及記者都到場拍攝及採訪。香港的報章雜誌也有報道，當然，歐陽駿打黑拳昏迷，曾在擂台上打死人的李承東復出，這兩點都無可避免成為焦點的一部分。

姜秀賢、李承東二人皆提早到達澳門。姜秀賢身處觀眾席，而李承東則穿上了拳手袍，坐在選手休息室內準備。

King Boxing的助手都幾乎齊集在房內打點一切，他們正忙着為李承東紮好手帶、戴上拳套、穿上拳擊靴。魯堅亦趁着這個時間，熱心地走近李承東，作賽前最後的指導：「李承東，你的對手Aflerdo是冠軍級人馬，跟你退役前打過的本地拳手完全是另一個層次，所以你要聽好這場拳賽的策略。」

李承東沒回應，魯堅續說：「Aflerdo技術全面，力量速度兼備，步法亦十分靈活，正面進攻的話十分不利。不過，他在比賽初段偏好從右側發動攻勢，首兩個回合，你要集中盯着他的右拳，伺機反擊，不要衝動採取主動，你按照我這個策略的話，還是會有超過五成機會勝出。」

魯堅眼見李承東依然沒有回應，皺起眉頭，提高聲量問：「李承東，你聽到我的話嗎？」

李承東終於開腔，板着臉回應：「我聽到，但我不會聽你的策略去打！」

死角

DEAD END

ROUND 10

第十回合

一向冷靜的魯堅，這時亦不禁緊張起來，雙目微瞪着問：「李承東，你這是什麼意思？」

李承東也瞪向魯堅回應：「我還記得，當日你遊說我代歐陽駿出賽時，提起歐陽駿曾經說過，要代已退役的好兄弟，贏一條金腰帶回來。」

「比賽都快要開始了，我在跟你談策略，你還在說這些舊事有什麼關係？」

「當然有關係。這些話，歐陽駿的確說過，但由始至終，他都只會跟我一個人說，唯一一次有其他人在場，就是他取得七連勝的翌日，在尚武拳擊會內的那一次。雖然其他人如果有心要聽並不難，但你那時並不在現場。」

「你……」魯堅開始猜到李承東的意思而怔住了。

李承東續說：「當時『他』跟我一樣，在尚武拳擊會工作。而當我答應代阿駿出戰，改投King Boxing之後，『他』說要共同進退，跟隨我過來幫我忙。所以，小明就是你的間諜，對吧？」

魯堅的部署被發現了，氣上心頭，左顧右盼，想找小明出來算帳。

李承東看穿了這個老狐狸的想法說：「你不用找了，他今日應該跟你請了病假吧？」

「你怎會知道？」魯堅這時終於發現，對方不只發現了他的情報網，可怕的事情還在後頭，急忙地追問：「是他告訴你的？你收買了他？」

「對。」李承東胸有成竹地貼近魯堅道：「你懂得派人在拳館收集情報，我也懂得收買他們道出真相，你的間諜已被我反間了。你為我制定的所謂策略，只會令我『正常地』敗給Aflerdo，你們在這場拳賽賺了大錢，他也能保住金腰帶，對吧？所以，我是絕對不會聽你說！我會憑我的實力，打敗對手，贏走金腰帶，粉碎你們的如意算盤，到時候，看你怎樣跟那個拳王的經理人兼King Boxing的幕後老闆交代！」

魯堅的奸計被完完全全地識破，瞠目結舌站在原地，而拳賽的工作人員在這時候走進入休息室，示意拳手是時候出場，李承東就丟低他的「教練」上台應戰。

＊＊＊

「各位觀眾，終於來到今晚的戲肉：亞洲冠軍金腰帶賽。紅方挑戰者，是香港的代表殺人鯨李承東！藍方衛冕者，是亞洲冠軍暨菲律賓拳王Aflerdo！」負責這場拳賽的旁白，以激昂亢奮的聲線介紹兩位拳手出場。

「紅方，香港選手李承東，四戰三勝一負二KO。他走到擂台上，正要脫下拳手袍……咦？」

在台下一直注視着李承東的姜秀賢，這時也如旁述一樣吃了一驚，因為李承東竟然剪了一個跟歐陽駿昏迷前一模一樣的髮型。昨日在醫院時他還不是這個樣子，離開前還說還有事要辦，原來是去剪頭髮！

姜秀賢看着台上的李承東，彷彿看到歐陽駿的影子。「歐陽駿」再次站在擂台上，姜秀賢不禁雙眼晶瑩起來，雙手合十，祈求李承東可以順利拿下金腰帶。

「緊接着的是藍方，菲律賓拳王 Aflerdo，十六戰十六勝十二 KO。他亦已經登上擂台，向在場人士展示這一刻仍由他持有的金腰帶。至於今晚過後，金腰帶鹿死誰手，很快我們就可以一同見證。」

兩位拳手此刻已經站到擂台中央。隨着鐘聲「噹」的一聲響起，拳賽正、式、開、始。

李承東自信他的拳力比同一體重級別的拳手更快、更重，而且他退役多年，有關他的實戰資料不多，這是他的優勢。然而同時因為空白期太長，即使這幾個月刻苦鍛煉，在體力上還是較差，他於是決定採取速戰速決的戰術，不斷進攻，希望以快打慢，殺對方一個措手不及，期望在短時間內分出勝負。

「久休復出的李承東率先踏前搶攻，連續打出數下直拳及勾拳，Aflerdo只好不斷以護手防禦，擋下最後一記攻擊時更被打退了一步。殺人鯨似乎不是浪得虛名，真的擁有致命的攻擊力啊！」

魯堅在擂台下看得不是味兒，自己的間諜戰竟被李承東識穿，不禁慨嘆李承東比歐陽駿精明得多。然而魯堅對於這場拳賽的結果仍相當有把握，畢竟Aflerdo是世界級人馬，雙方實力差距太大，即使李承東識破了他的計劃，開局後又馬上步步進逼，要破壞他的生財大計也不是這麼容易。

魯堅預料的結果不久就開始應驗。Aflerdo被李承東打退後並沒有害怕及退縮；相反，他向李承東揚手，挑釁對方進攻，顯然比李承東想像中的要耐打得多。

Aflerdo繼而向李承東打出右直拳，李承東堅守策略，側身閃過攻擊後，馬上以勾拳還擊。沒料到原來這一切都是Aflerdo的陷阱，他憑着銳利的目光看穿了李承東這一拳，頭輕輕一側避過攻擊，更同時向李承東揮出直拳，直擊對方的臉頰。Aflerdo乘勝追擊，使出看家本領「蝴蝶步法」，像穿花蝴蝶般忽左忽右，不斷進攻，李承東立刻陷入守勢，只能拚命擋格。

Aflerdo的經理人看得心滿意足，心想計劃順利，李承東看來撐不了多久就會敗陣下來，拳王的名銜又再一次保住了。

坐在對面的魯堅亦難掩喜悅之情，對李承東知道真相後仍快要輸掉一事感到心滿意足：「沒有人能打破我觀察者的策略，你李承東也不會例外，嘿！」

李承東被Aflerdo逼到繩邊，眼見退無可退，在Aflerdo打出下一記直拳時，打算閃向一邊避開，同時逃離繩邊不利的位置。可是Aflerdo看穿了他的計劃，在打出直拳的下一瞬間，隨即補上勾拳阻止李承東逃出。李承東沒有退路，只有繼續捱打……

「噹！」鐘聲傳來，第一回合完結，裁判把二人分開，各自回到所屬繩角休息。

雙方的助手馬上拿出椅子讓拳手休息及降溫。李承東甫坐下，King Boxing的助手就圍上去幫忙，唯獨魯堅沒有走近。

魯堅在遠處瞪着李承東，看到他氣喘如牛，知道他的體力差不多消耗殆盡，才勉強撐過第一回合，不用多想，第二回合恐怕就是他的死期。

坐着休息的李承東也自知這個問題，但面對Aflerdo的步法，他的重拳完全沒有機會碰到對方，只能節節防守，這樣又怎可能獲勝？

坐在觀眾席的姜秀賢亦看得冷汗直冒，一直合十的雙手握得更緊，她甚至開始喃喃自語，為李承東祈禱，期望得到上天的眷顧。

休息時間轉瞬即逝，第二回合的拳賽開始。跟第一回合相反，這次Aflerdo採取主動，不讓李承東有回氣的機會，馬上踏上前不斷使出各種攻勢。

李承東消耗了的體力顯然沒有怎樣回復，他自知無力還擊，乾脆保留餘力防守。可是，只守不攻實在難以維持下去，不一會，他又一次被逼到繩邊。

「可惡！阿駿已經倒下了，我復出就是要代他背負一切，我不能輸呀！」李承東憶起過往跟歐陽駿一起經歷過的種種點滴，他在內心如此吶喊，為自己打氣，然後嘗試再一次逃出繩邊。

可是這一切始終逃不過Aflerdo的目光，這回他不但以勾拳阻止了李承東逃走，更步步進逼，把李承東打至撞向繩角！

「完了，你已經無路可退了。」魯堅心想，露出皮笑肉不笑的陰森笑容。

「贏了，今晚又賺大錢了。」Aflerdo的經理人高興地說，展現出深邃的表情。

「砰！」

李承東以護手擋下Aflerdo的攻擊後，向後一失平衡，重重地撞向繩角！

「難道就這樣完了嗎？我們之間的實力差距太大了，只要再受上他一拳，這場比賽就會完結。我好不容易才重新站到這個擂台上，魯堅的詭計我還未擊破，這個仇還未報，阿駿的心願也還未達成呢……」李承東心想。他滿頭的汗水緩緩飛濺出來，與他後傾的身體呈反方向流動，如慢鏡重播。

然而就在這個時候，他感到背部有一股力量支撐着他，把他推回站立的姿態，彷彿是歐陽駿扶持着他的感覺。同一時間，一把熟悉的聲音在他的腦海內響起——

「阿東，你在搞什麼？」

「阿駿？」

「在人生的擂台上，我已經陷入死角，這個位置被我霸佔了，所以，這裏不屬於你，你快退出去！」

「但我就是退不出去啊！」

「咬緊牙關，硬着頭皮，去打出一條生路。如果你的力量不夠，就合二為一，把我的力量都一併拿去用吧！」

與此同時，擂台下的姜秀賢收到電話。在這千鈞一發的拳賽中，她本來不想理會，但熒幕顯示電話竟然是來自醫院。

姜秀賢以手掩着電話，輕聲接聽道：「喂？」

「是姜秀賢嗎？」

「我是。噢，你是周姑娘？」姜秀賢認出了話筒內的聲音，就是早前經常跟她閒聊，又教她帶重要物品來刺激病人生存意志的護士。

「姜小姐！」周姑娘的聲音變得相當激動：「我剛剛巡房，看到歐陽先生的手指在動……」

而擂台上的李承東受到歐陽駿的聲音刺激，靈機一觸，想到既然自己的重拳不足以制勝，或許配上阿駿的速度及其獨特的「彈跳移動」會更有效。

此刻Aflerdo右手微拉向後，準備要向着繩角的李承東，打出分出勝負的一擊。李承東看準機會，將自己的重拳，結合歐陽駿的步法，一個彈跳、轉馬，並同時送出勾拳！

這是歐陽駿及李承東、速度與力量結合，二人「並肩作戰」的一擊！

「嘭！」

李承東的左直拳，重重地擊中Aflerdo的右頰！

在旁述及觀眾的眼中，李承東以退為進，在死角設下陷阱，誘使Aflerdo進入，並送上一記勾拳。實際上，他是被逼到死角，才發揮出潛在能力，重擊對手。

無論是在拳賽，還是在我們的人生也好，只要尚未到達盡頭，保持鬥心，肯打拚，奮力找尋出路，最終到底誰被逼出死角，仍未可知！

李承東擊中Aflerdo這一拳，亦如同狠狠地擊中魯堅。李承東早前的一句話，亦忽爾在魯堅的腦內響起，縈繞不散：「我會憑我的實力，打敗對手，贏走金腰帶，粉碎你們的如意算盤，到時候，看你怎樣跟那個拳王的經理人兼King Boxing的幕後老闆交代！」

——全書完——

拳例

RULES

REFERENCE

參考資料

拳擊運動普遍有以下幾種拳法——

直拳

拳擊中最基本的拳法，即沿前方直線打出的拳。特點是攻擊距離遠、速度快。由於用途廣泛，是一般拳賽中最常見的拳法。

刺拳

屬直拳的一種，但出拳後的手臂不完全伸直。比直拳更快，但距離較短、力量弱。常用於保持距離及牽制對手。

勾拳

手肘水平屈曲，從側面向內側攻擊對手的拳法。特點是威力較大，但速度較慢、攻擊距離較短。常用於攻擊對方的頭部側面及兩脅。

上勾拳

手肘垂直屈曲，從下而上攻擊對方的拳法。特點是威力較大，但速度較慢、攻擊距離較短。常用於攻擊對方的胸部及下顎。

K.O.

全寫是Knock Out，即擊倒。拳手受到對方的攻擊而令身體（除腳掌以外）觸碰到擂台，包括倒在地上、跪在地上、吊掛在繩邊等，即算倒地，台上裁判就會開始數秒。倒地的選手如未能在十秒內站起來，並回復戰鬥姿勢，就算是被KO。

拳擊運動普遍分成業餘拳擊和職業拳擊。

嚴格來說業餘拳擊和職業拳擊是兩種運動，不論賽制、裝備和計分方法都全然不一樣，兩者並無高低之分。

職業拳擊與業餘拳擊採用相同規格的擂台。擂台高一米，圍繩面積為六平方米，四邊均以四條圍繩包圍；四角分別設有軟墊，兩角紅色，兩角藍色，兩方選手各佔一角。

職業拳擊以商業形式營運，涉及大量金錢，當中包括：入場費、電視轉播、商業贊助和廣告代言等。基本上職業拳擊手以個人為單位，最高榮耀是獲得國際職業拳擊團體授予冠軍金腰帶。

而業餘拳擊手代表國家或地區出賽，拳手一般自資或由政府出資培訓，水平最高者會以奧運會金牌為目標。

職業拳擊的最高榮耀是為爭奪國際職業拳擊組織冠軍金腰帶。組織當中最具認受性的四個組織分別為 WBC、WBA、WBO 和 IFB 等。

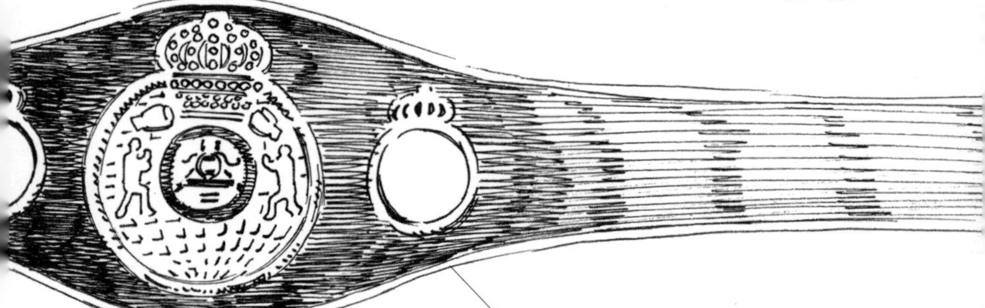

WBO（The World Boxing Organization）
世界拳擊組織。

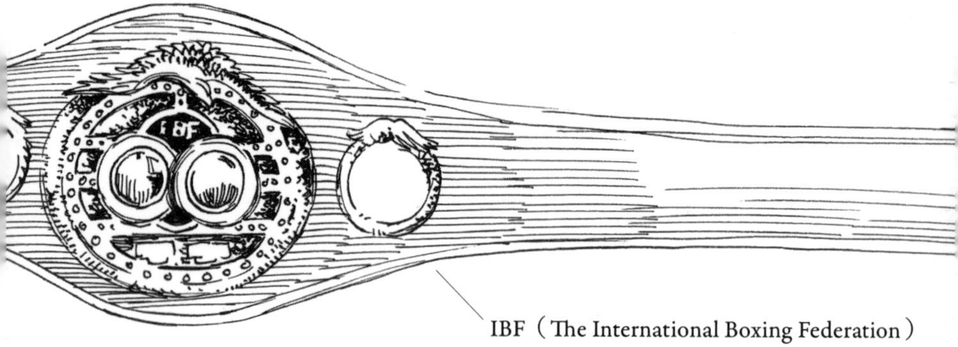

IBF（The International Boxing Federation）
國際拳擊聯合會。

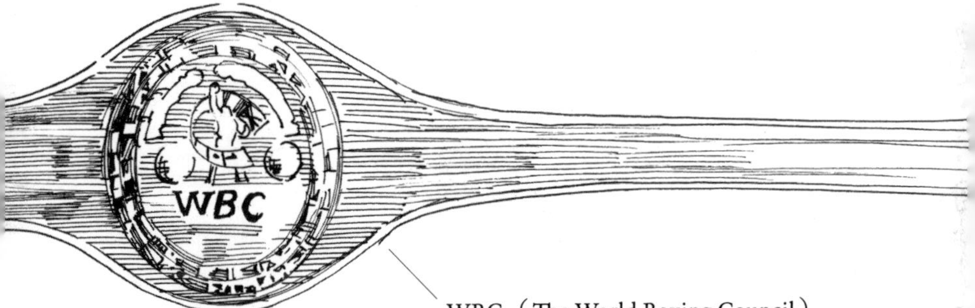

WBC（The World Boxing Council）
世界拳擊理事會。

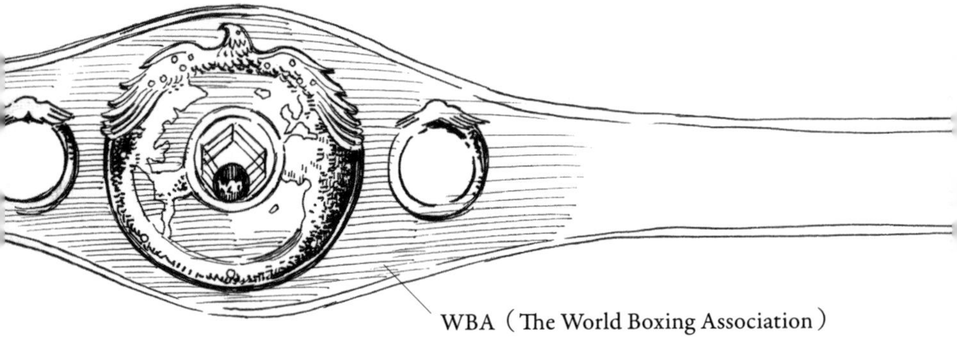

WBA（The World Boxing Association）
世界拳擊協會。

職業拳擊比賽在一般情況下，雙方必須屬同一級別，而級別以體重劃分。級別高低不代表等級高低，輕、重磅級別各有優勢。

等級	體重≤ ≥	公制
最輕量級（WBA） 草量級（WBC） 迷你蠅量級（WBO/IBF）	≤105磅	≤47.627公斤
輕蠅量級（WBA/WBC） 初蠅量級（WBO/IBF）	>105磅 ≤108磅	>47.627公斤 ≤48.988公斤
蠅量級	>108磅 ≤112磅	>48.988公斤 ≤50.802公斤
超蠅量級（WBA/WBC） 初雛量級（WBO/IBF）	>112磅 ≤115磅	>50.802公斤 ≤52.163公斤
雛量級	>115磅 ≤118磅	>52.163公斤 ≤53.525公斤
超雛量級（WBA/WBC） 初羽量級（WBO/IBF）	>118磅 ≤122磅	>53.525公斤 ≤55.225公斤
羽量級	>122磅 ≤126磅	>55.225公斤 ≤57.153公斤
超羽量級 初輕量級	>126磅 ≤130磅	>57.153公斤 ≤58.967公斤
輕量級	>130磅 ≤135磅	>58.967公斤 ≤61.235公斤
超輕量級（WBA/WBC）	>135磅	>61.235公斤
初次中量級（WBO/IBF）	≤140磅	≤63.503公斤
次中量級	>140磅 ≤147磅	>63.503公斤 ≤66.678公斤
超次中量級（WBA/WBC） 初中量級（WBO/IBF）	>147磅 ≤154磅	>66.678公斤 ≤69.850公斤
中量級	>154磅 ≤160磅	>69.850公斤 ≤72.574公斤
超中量級	>160磅 ≤168磅	>72.574公斤 ≤76.203公斤
輕重量級	>168磅 ≤175磅	>76.203公斤 ≤79.378公斤
次重量級（WBA/WBC/IBF） 初重量級（WBO）	>175磅 ≤200磅	>79.378公斤 ≤90.892公斤
重量級	>200磅	>90.892公斤

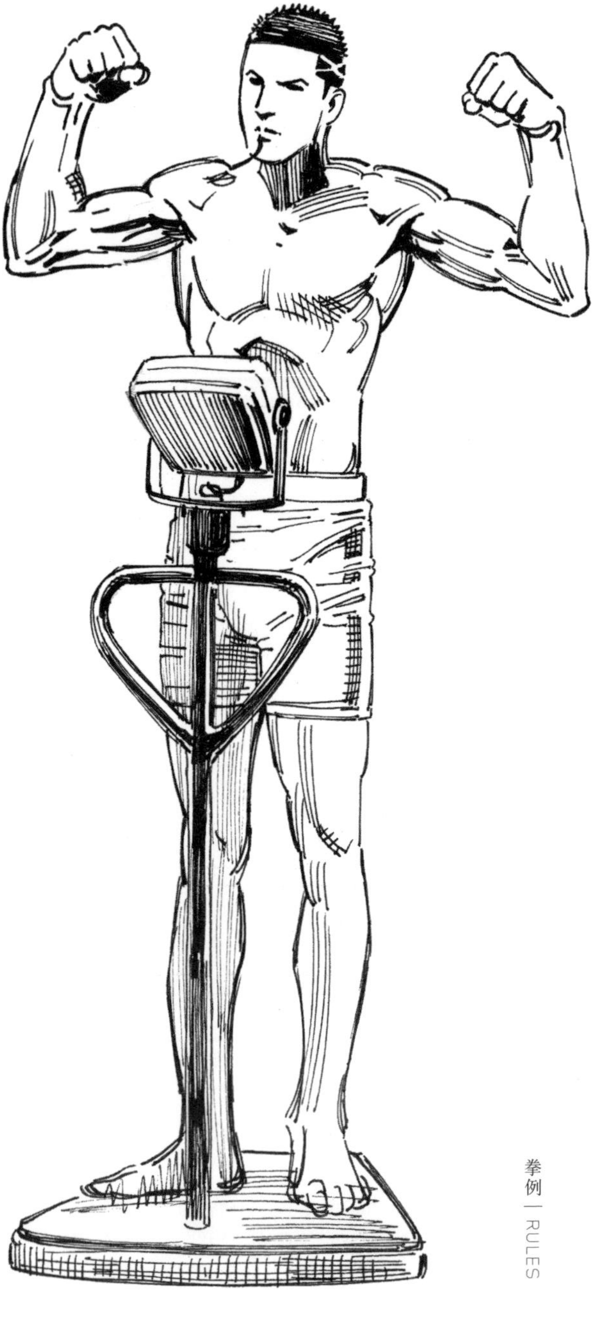

比賽前一天雙方都要上磅，以核實選手是否符合指定所參加級別體重範圍之內，同時亦是比賽前會見傳媒的時間。

運動員普遍會在賽前用盡所有方法減磅，達致級別內最大優勢——亦即體格上和自己擅長的技能配合，發揮優點，例如身軀較高、手較長等。如果過磅時運動員未能減至目標磅數，大會會提供兩小時給運動員作最後衝刺，如果到時仍未達標，則不能作賽。過磅合格之後，運動員會重新進食及補充水分，迅速補充體力，準備賽事。另外，亦有個別運動員刻意在短時間內增磅，務求在其他級別作賽。

職業拳擊分四、六、八、十及十二回合，每回合三分鐘，各回合之間休息一分鐘，助手及醫生可上台協助運動員。

回合與回合之間有舉卡女郎提示，每個回合開始及完結都會叩鐘，而每回合完結前十秒會先叩木板。

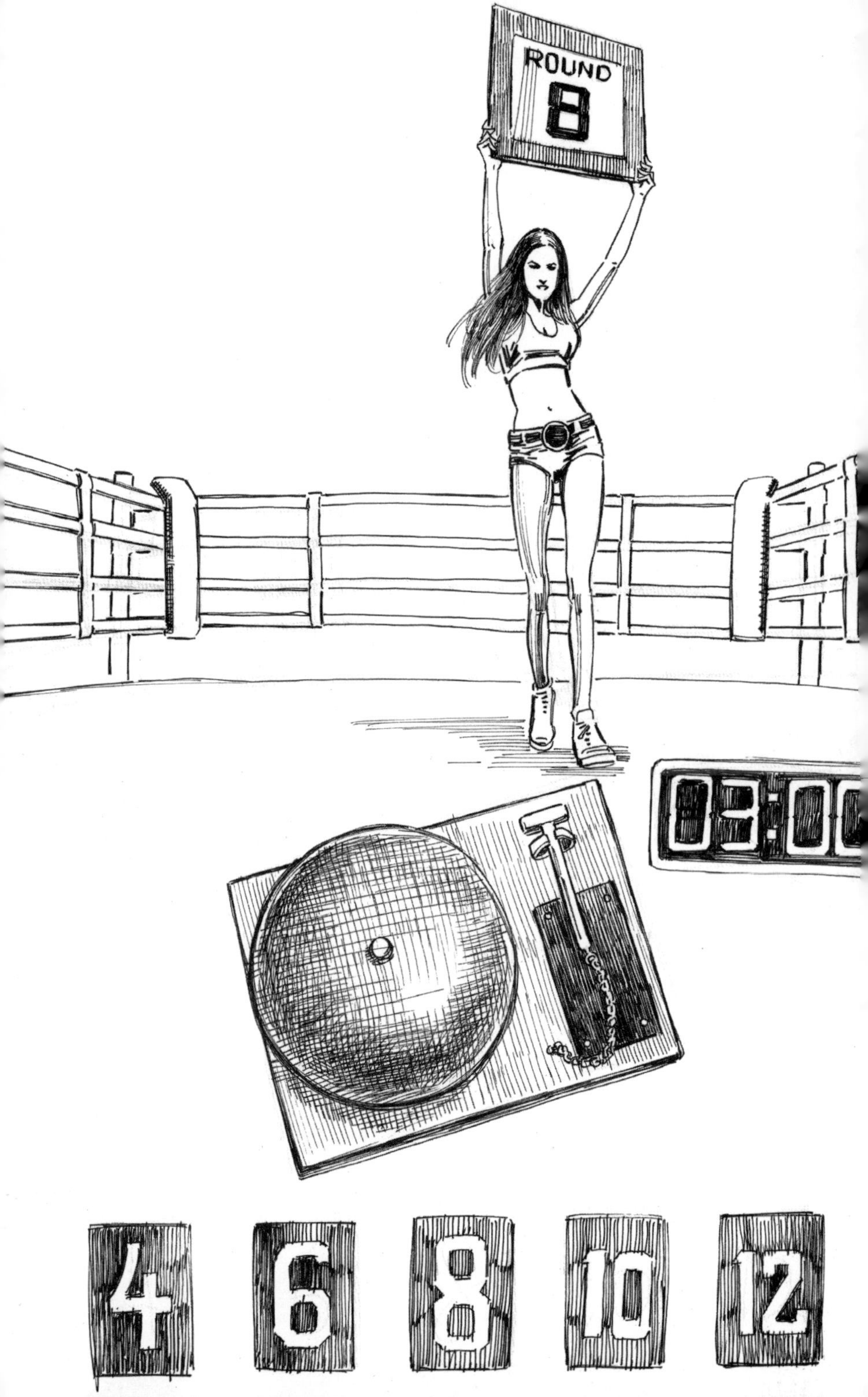
ROUND
8
03:00
4
6
8
10
12

拳擊比賽選手必須戴上拳套出賽，拳套分八安士或十安士。而戴拳套前，必須綁上手帶，比賽與訓練的綁法並不一樣。

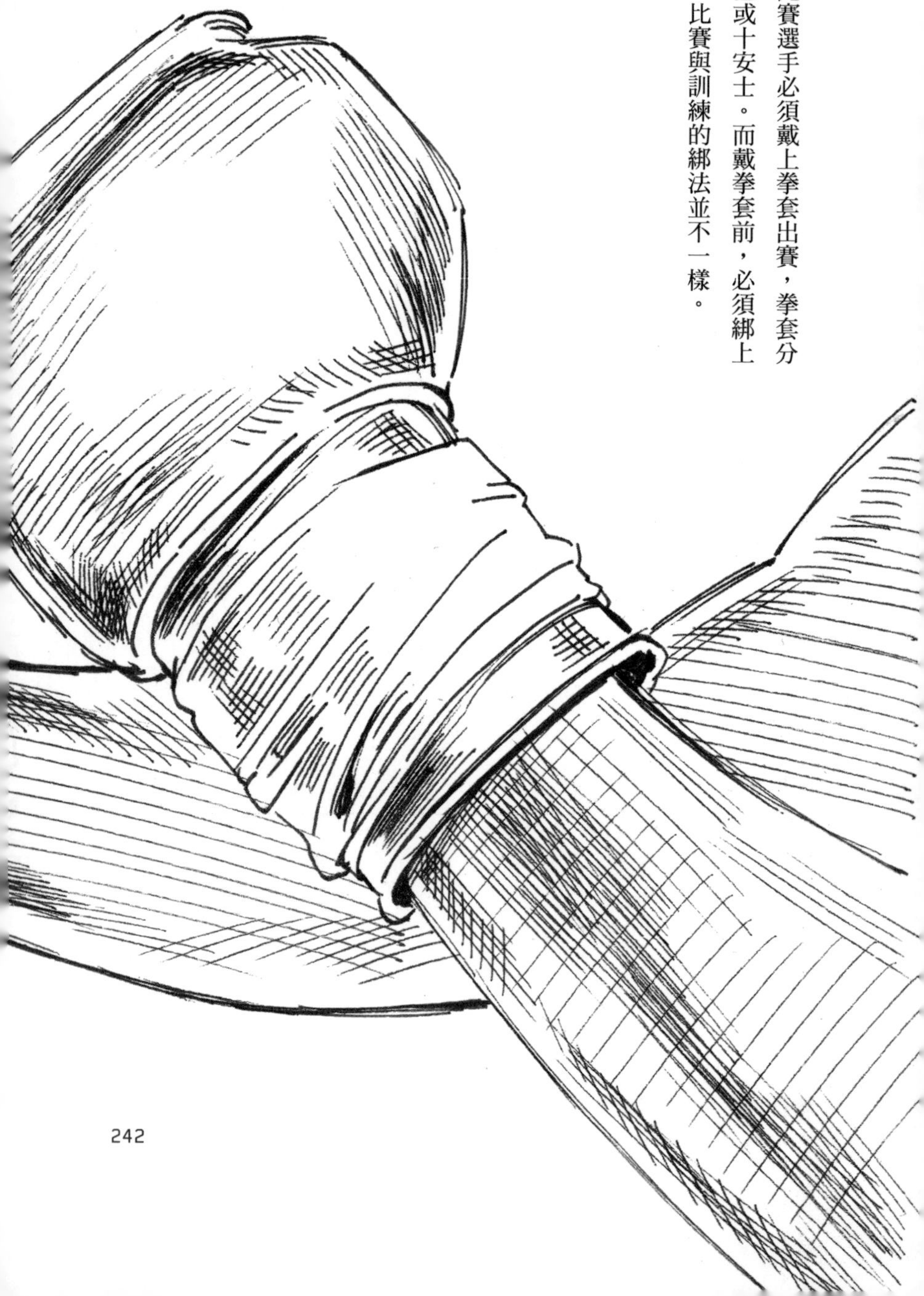

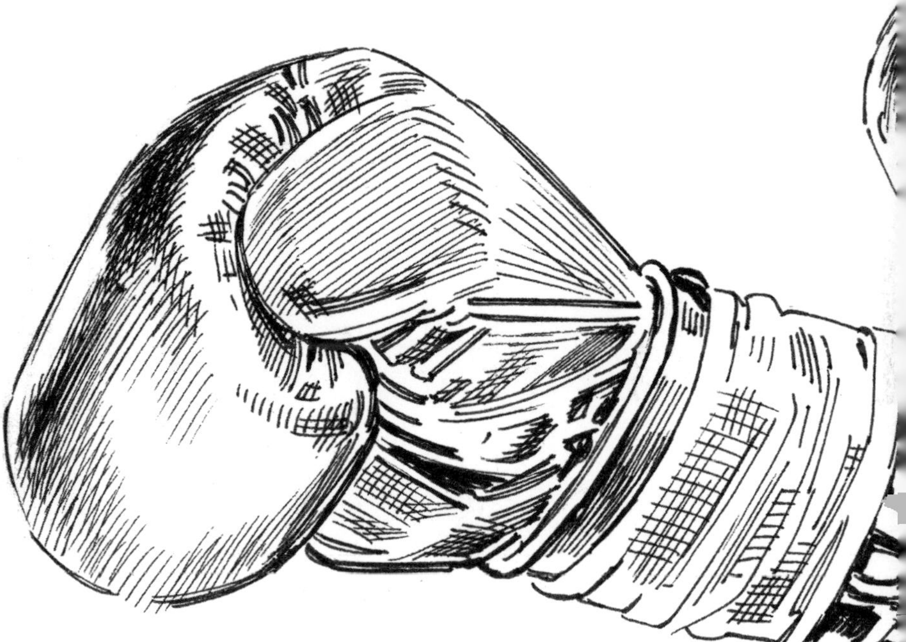

比賽時，拳手需赤裸上身，而下身只穿短褲和護襠（為免誤打下陰）。拳擊鞋多以長筒設計，以保護腳腕。為了方便移動，會選擇較薄的防滑物料特製。

比賽時亦須戴上護齒，呈半護形，咬在上顎。職業選手大多會訂製合適自己口腔和牙齒形狀的個人護齒。

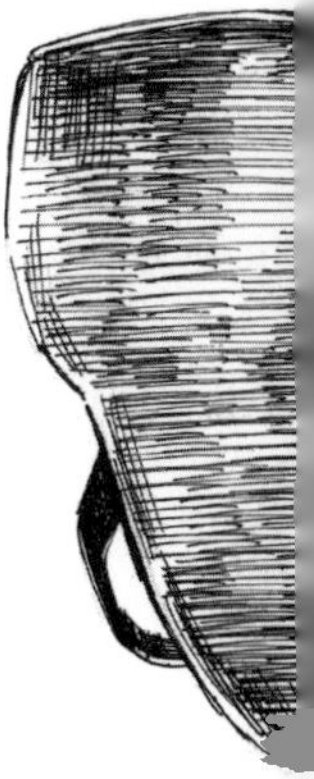

職業拳擊的裁判分成台上裁判和台下裁判。

台下裁判由三人組成，每位裁判各自在計分卡上填上評分。每回合佔優的一方可得十分，劣方得六至九分，打和則各得十分。最後由三位裁判評分總和計算。其計分標準包括：

一、主動性：主動向對手施壓、迫退對手的比率；

二、合法出拳擊中：擊中對方腰以上、額以下的正面位置，擊中必須有力，輕碰不計在內；

三、防守：避、擋、拍，不被對手擊中；

四、體育精神：比賽中保持公正，不犯規；

五、犯規：嚴重者可直接扣分；

六、倒地：擊中對手，使對手倒地，可直接得分。

PINK
12 ROUNDS
BLUE
12 ROUNDS
ROUNDS

台上裁判在台上可停止和分開選手。

每次其中一方被擊倒，台上裁判就會數秒，讀至十秒時，被擊倒一方無力反擊，台上裁判則可宣布終止比賽；此外，台上裁判亦有權因應比賽情況而終止比賽。

這是一本圖文小說，不是小說，不是繪本。

漫畫家出身的我，以這種方式創作，不論寫與讀同樣都有趣。《死角》原本是一個漫畫故事，始終五年前於漫畫雜誌連載，亦是個人自覺最重要之作。

創作始於一個賭局，對，是賭局。

當時服務於漫畫公司「玉皇朝」，一次跟當時老闆黃玉郎先生晚飯時，我和兩位同事被黃生指太肥，於是開出盤口——三個月內減二十磅，達標者黃生每人輸一萬；相反，如果失敗的話，我們各輸五千。

減肥，我經驗豐富，豐富得可以著書立說，吹氣一樣的我易來易去，分別只在於我是否願意運動。我非常了解自己的體質，只要願意運動，脂肪跟年尾收到的花紅一樣——一下子耗盡。當然不運動的話，比欠信用卡數更慘。自信必勝的賭局展開，唯一分別是透過哪一種方法取勝，即是說選擇做甚麼運動。一如所料，一個多月已經超額完成。而今次「減肥」的運動是拳擊。

拳擊幫我小勝一仗。

直至人生一個重要決定，向漫畫公司請辭，向安穩生活告別，離開安全網跳進驚濤駭浪的大海，獨自面對市場。只為尋求一個字——我。作為一個創作人，「我」是誰？我希望我的創作不再為市場，而為自我，從自我出發。

當時身邊只有拳擊，拳擊順理成章成為我創作不二之選。巧合地，當時教授我拳擊運動的教練也開始踏進他人生的另一階段，進入職業拳擊世界，拳會亦開始投放所有資源於職業拳擊比賽，有一種久違的並肩作戰熱情。

漫畫推出，反應比預期中好很多，拳擊再為我勝一仗。

而這一仗是我拳擊的第三仗，不論戰果如何，我還是會繼續站於擂台之上。

感恩今次繼續有一班充滿熱情的人與我一起作戰。

謝謝三聯書店提供一個絕佳的創作平台。

謝謝五位朋友二話不說答應推薦。

謝謝望日兄補足我欠佳的文筆。

謝謝編輯及設計朋友一同努力。

謝謝公司同事同心協力助我完成。

最重要是謝謝閱讀到此的你。

死角

DEAD END

責任編輯——周怡玲
書籍設計——麥槩桁
封面字體——陳濬人
（香港北魏真書）

書名——死角
圖／故事——曹志豪
文字——望日

出版——P.PLUS LIMITED
20/F., North Point Industrial Building,
499 King's Road, North Point, Hong Kong
香港發行——香港聯合書刊物流有限公司
香港新界大埔汀麗路三十六號三字樓
印刷——美雅印刷製本有限公司
香港九龍觀塘榮業街六號四樓A室
版次——二〇一七年十二月香港第一版第一次印刷
規格——大三十二開（140mm×210mm）二五六面
國際書號——ISBN 978-962-04-4278-0

P+ Limited